RICHARD BRAUTIGAN

UN PRIVÉ À BABYLONE

DU MÊME AUTEUR
CHEZ CHRISTIAN BOURGOIS ÉDITEUR

Romans 1 : Un général sudiste de Big Sur / La Pêche à la truite en Amérique / Sucre de pastèque
Romans 2 : Retombées de sombrero / Un privé à Babylone
Romans 3 : Le Monstre des Hawkline / Willard et ses trophées de bowling / Tokyo-Montana Express

DU MÊME AUTEUR
DANS LA COLLECTION « TITRES »

Cahier d'un retour de Troie
Le Monstre des Hawkline
Mémoires sauvés du vent
Tokyo-Montana Express
La Pêche à la truite en Amérique / Sucre de pastèque
Retombées de sombrero
Un général sudiste de Big Sur
Willard et ses trophées de bowling
La Vengeance de la pelouse

RICHARD BRAUTIGAN

UN PRIVÉ À BABYLONE

NOTE INTRODUCTIVE
DE MARC CHÉNETIER

TRADUIT DE L'ANGLAIS (ÉTATS-UNIS)
PAR MARC CHÉNETIER

CHRISTIAN BOURGOIS ÉDITEUR

TITRE ORIGINAL :
DREAMING OF BABYLON

ISBN 978-2-267-04579-6

NOTE DU TRADUCTEUR

Dans les années 1930, Nathanael West, proche ancêtre de Richard Brautigan à plus d'un égard, désirait écrire des romans « en forme de bandes dessinées ». En voici un. Ayant lui-même mis à plat (comme on abat sa main ou comme on crève une baudruche) un assez joli lot de mythes américains en faisant subir à son natif idéaliste, Lemuel Pitkin, l'enchaînement inexorable d'avanies et de mutilations qu'est *Un bon million !*, West eût trouvé plaisants le langage appauvri, les rodomontades suffisantes, les redondances de notre privé (« private eye », d'où « L'Œil »). Double parodique du célèbre Sam Spade de Hammett, C. Card substitue à son image celle, sans épaisseur, de la carte à jouer. Un privé fichu comme l'as de pique en quelque sorte. Ou une crêpe à la Chandler. Aussi plat que les acteurs de *L'Hôtel bleu* de Stephen Crane, maniant désespérément une langue éculée que les médias laminent et qui s'affaisse sous les clichés, C. Card se refait une personnalité de carton à grand renfort de proverbes avachis et de banalités sentencieuses. Moins sépia que jauni, il rejoue la partie d'un certain Boris Vian : « Arthur, où t'as mis le corps ? »

Brautigan, sa réputation de vieux hippie s'estompant enfin au soulagement général, donnait depuis quelque temps dans la démolition. Sa boule d'acier trempé (dans l'humour) s'attaquait aux pans branlants des genres inhabitables. Après avoir rasé western et gothique (*Le Monstre des Hawkline*), érotisme et « whodunit » (*Willard*), geste militaire (*Un général sudiste*), romance et série B (*L'Avortement*), le voilà qui s'en prend au roman policier. Et ce « thriller » sans « thrills », où tout suspense est désamorcé par les avertissements et les anticipations, toute tension détruite par l'incompétence et l'aveu importun, toute crédibilité hachée par la bêtise et tout machisme miné par la fringale, achève un cycle contestataire et démystificateur. Déjà, un « poème énigme » de *June 30th-June 30th* maltraitait Dashiell Hammett dans un sous-titre amical et trafiqué. Accablé par une impitoyable mise en perspective, Card a du mal à nous faire croire qu'il a plus d'un tour dans sa manche : chacun voit bien qu'il n'y loge qu'un bras pas très nickel.

En mauvais détective, filons notre métaphore : cet as des enquêteurs est, comme on dit au poker, « in the hole », caché face contre table, il rêve de retournements et de coups de théâtre ; mais toujours décavé, Card, le cave, vit en plus dans un trou qui, pour être garni, n'en évoque pas moins l'obscur, le moisi, le miteux. Privé, il l'est de tout, sauf d'une imagination de feuilleton. À chacun les bluffs qu'il mérite et les compensations du temps jadis qu'il peut. Personnage trahi par son auteur, Card « se fait du cinéma ». Rien n'a lieu que dans sa tête, soigneusement isolée du monde extérieur, où Card songe ferme, en vivotant. Hors cette salle de projection douteuse, rien. Le héros est élimé, son costume fatigué, son enquête minable. Fidèle à la tradition anti-réaliste où puise une large fraction de la fiction américaine contemporaine, Brautigan annule. L'intrigue se désavoue, le décor se délite ; les envolées capotent. À faire gérer la nostalgie par un amnésique, le rétro fonctionne mal. Chômeur, le privé aspire à la stase : « Je parlerai de ma vie sentimentale plus tard, quand il ne se passera rien d'autre. Je veux dire absolument rien : que dalle. » Façon comme une autre de dire que le présent du récit n'est pas particulièrement agité. Il n'y avait plus de personnage ni de cadre identifiables dans les premiers écrits. Les étiquettes de la fiction s'étiolaient sur les quincailleries littéraires de *La Pêche à la truite en Amérique*, roman démontable. Voici maintenant qu'un raté, non content de décevoir, montre du bout de son calibre vide les ressorts brisés de la narration traditionnelle. Le roman policé n'a plus de munitions. « Il me dit », « je lui dis », « il me dit », « je lui fais » : le dialogue comme bulles. « Vous allez voir que », « comme j'ai déjà dit » : le récit comme recyclage. « Alors », « et puis », « pendant ce temps-là », « après » : du raboutage pour toute mise en scène. Tous les coups sont téléphonés et le téléphone est en dérangement. À Babylone, il n'y a plus que les Jardins qui soient suspendus : le « disbelief », l'incrédulité, auxquels certain art poétique recommandait qu'on appliquât le même volontaire traitement, eux, en tout cas, ne le sont plus guère. Au pays des genres romanesques reconnus, c'est l'heure du Grand Sommeil. Et s'il s'y loge encore des rêves, ils sont également gangrenés par les discours à bon marché du sentimentalisme quotidien, aussi douloureusement grotesques que les lettres du courrier du cœur avec lesquelles West se bricolait des crucifix. Mais Brautigan grince moins et sourit plus. À contempler la sciure qui bourre ses personnages et leur tient lieu de sang, il se rappelle aussi la piste des vieux cirques, le rire et le nez rouge du clown, dont il possède l'art et la triste tendresse. Images déconcertantes ; coq-à-l'âne ; caricature ; forage des impasses narratives ; distorsions lexicales ; logique verbale ; rénovation, par la technique du pied de la lettre, d'expressions fossilisées…

Le moment n'est pas à l'analyse ; mais on s'en voudrait de laisser classer Brautigan, au nombre de ces mineurs que l'histoire littéraire passe à la trappe avec si belle ardeur. Boris Vian, en son temps, et parlant de chanson, avait jugé la nécessité et la valeur du travail de sape des « mineurs » en question : « La chanson… n'a rien d'un genre mineur. Le mineur ne chante pas en travaillant et Walt Disney l'a bien compris qui faisait siffler ses nains. »

Après *Un privé à Babylone*, reprenez un Hammett, pour voir : dedans, ça fait comme des trous.

Marc CHÉNETIER.

Celui-ci est pour Hélène Brann
avec les affectueuses pensées de Richard

À mon avis, l'une des raisons pour lesquelles je n'ai jamais fait un très bon détective privé, c'est que je passe trop de temps à rêver de Babylone.

Bonnes nouvelles, mauvaises nouvelles

Le 2 janvier 1942 m'a apporté de bonnes nouvelles et de mauvaises nouvelles.

D'abord les bonnes nouvelles : j'ai appris que j'étais réformé comme caractériel et que je n'allais pas partir à la Seconde Guerre mondiale jouer le petit soldat. Je n'avais pas du tout le sentiment de manquer de patriotisme parce que j'avais fait ma Seconde Guerre mondiale à moi cinq ans plus tôt en Espagne et que j'avais deux trous de balle dans le cul pour le prouver.

Je ne comprendrai jamais pourquoi je me suis fait tirer dans le cul. De toute façon, ça ne fait pas une histoire de guerre formidable. Les gens ne vous considèrent pas comme un héros quand vous leur racontez que vous vous êtes fait tirer dans le cul. Ils ne vous prennent pas au sérieux ; enfin, moi, je ne m'en faisais plus pour ça. La guerre qui commençait pour le restant de l'Amérique était terminée pour moi.

Les mauvaises nouvelles maintenant : je n'avais pas de balles pour mon pistolet. Je venais de décrocher une affaire pour laquelle il me fallait mon pistolet, mais je n'avais plus une seule balle. Le client que je devais rencontrer plus tard ce jour-là pour la première fois voulait que je vienne au rendez-vous avec un pistolet et je savais que ça n'était pas un pistolet vide qui ferait l'affaire.

Qu'est-ce que j'allais bien pouvoir faire ?

Je n'avais pas un sou vaillant et on ne m'aurait pas fait crédit de vingt-cinq cents dans tout San Francisco. Il avait fallu que j'abandonne mon bureau en septembre, et pourtant je ne le louais que huit dollars par mois ; maintenant, pour mon travail, je me servais du taxiphone qui était dans le vestibule de l'immeuble miteux où je vivais à Nob Hill et où j'avais deux mois de loyer en retard. Je n'arrivais même pas à trouver trente dollars par mois.

Je me sentais plus menacé par ma propriétaire que par les Japonais. Tout le monde attendait que les Japonais arrivent à San Francisco et se mettent à monter et descendre les collines dans les funiculaires, mais, croyez-moi, je m'en serais coltiné toute une division rien que pour ne plus avoir ma propriétaire sur le dos.

« Et mon loyer, où qu'il est, eh, clodo ! » qu'elle me criait du haut du palier où se trouvait son appartement. Elle portait toujours une robe de chambre mal fermée dissimulant un corps qui aurait gagné le premier prix au concours du plus beau parpaing.

« L'pays est en guerre et vous payez même pas vot'bon Dieu de loyer ! »

À côté de sa voix, Pearl Harbor faisait le bruit d'une berceuse.

« Demain, je lui mentais.

— Demain ton cul ! » elle me hurlait en retour.

Elle avait dans les soixante ans, s'était mariée cinq fois et avait perdu ses cinq époux : les fumiers de veinards. C'est comme ça qu'elle était devenue propriétaire de l'immeuble. L'un d'eux le lui avait laissé. Dieu lui avait rendu service quand Il avait fait caler sa voiture par une nuit pluvieuse sur une voie de chemin de fer à la sortie de Merced. Il était représentant de commerce : dans les brosses. Quand le train est rentré dans sa voiture, il n'y a pas eu moyen de distinguer le gars de ses brosses. Je crois bien qu'au moment de l'enterrer on en a laissé quelques-unes dans le cercueil, en croyant que c'était des bouts de lui.

Il y a de cela des années et des années, aux temps reculés où je payais encore mon loyer, elle était très gentille avec moi ; elle m'invitait souvent chez elle et m'offrait du café et des beignets. Elle adorait parler de ses défunts maris, en particulier de celui qui avait été plombier. Elle aimait bien raconter à quel point il s'y entendait pour la réparation des ballons d'eau chaude. Ses quatre autres maris étaient toujours un peu flous quand elle en parlait. C'était comme si ces mariages-là s'étaient passés dans des aquariums troubles. Même le mari qui s'était fait écraser par le train ne lui paraissait pas mériter de bien grands commentaires ; mais elle était intarissable sur le type qui savait réparer les ballons d'eau chaude. J'ai l'impression que son ballon d'eau chaude à elle, il ne s'en occupait pas mal non plus.

Le café qu'elle m'offrait c'était toujours de la lavasse, et ses beignets étaient tout le temps un peu rassis, parce qu'elle les achetait de la veille dans une boulangerie de California Street, à trois ou quatre cents mètres de notre immeuble.

J'allais de temps en temps prendre le café avec elle vu que, de toute façon, je n'avais pas grand-chose à faire. À l'époque, les choses allaient tout aussi mal que maintenant, si on met à part l'affaire que je venais de décrocher, mais j'avais quelques petites économies parce que j'avais eu un accident d'auto et que ça s'était arrangé à l'amiable ; ce qui fait que je pouvais encore payer mon loyer, même s'il avait fallu que j'abandonne mon bureau quelques mois plus tôt.

En avril 1941, j'ai dû me séparer de ma secrétaire. Ça m'a vraiment embêté. J'avais passé les cinq mois qu'elle avait travaillé pour moi à essayer de l'emmener au plumard. Elle était gentille, mais je n'étais jamais vraiment arrivé à grand-chose avec elle. On s'était bien un peu embrassés au bureau, mais c'était à peu près tout.

Quand il a fallu que je me sépare d'elle, elle m'a envoyé paître.

Je lui ai téléphoné un soir, et la salve d'adieu qu'elle m'a envoyée ressemblait à quelque chose comme ça : « … et non seulement tu embrasses mal, mais en plus tu es un détective minable. Tu devrais essayer autre chose comme métier. Groom, tiens, voilà quelque chose qui t'irait bien. »

Clic.

Bon, eh bien...

De toute façon, elle avait le cul plein de saindoux. La seule raison pour laquelle je l'avais engagée c'était qu'elle voulait bien travailler pour le salaire le plus bas de la ville, mis à part Chinatown.

J'ai vendu ma voiture en juillet.

Enfin bref, toujours est-il que je me retrouvais sans munitions pour mon pistolet, que personne ne voulait me faire crédit et que je n'avais plus rien à mettre au clou. J'étais assis chez moi, dans mon petit meublé miteux de Leavenworth Street, à San Francisco, en train de penser à tout ça, quand d'un seul coup la faim s'est mise à me tabasser le ventre, ou aurait dit Joe Louis. Trois bons crochets du droit dans les tripes et j'ai pris la direction du réfrigérateur.

Grossière erreur.

J'ai regardé dedans et je me suis dépêché de fermer la porte en vitesse quand l'espèce de jungle luxuriante qui était à l'intérieur a essayé de s'échapper. Je ne sais pas comment les gens font pour vivre comme moi. Mon appartement est si sale qu'il n'y a pas longtemps j'ai remplacé toutes les ampoules de soixante-quinze watts par des ampoules de vingt-cinq pour ne plus être obligé de voir tout ça. C'était un luxe, bien sûr, mais je n'ai pas pu faire autrement. Heureusement que l'appartement n'a pas de fenêtres, parce que alors là j'aurais vraiment été dans la panade.

Mon appartement était si sombre qu'on aurait dit l'ombre d'un appartement. Je me demande si j'ai toujours vécu comme ça. Parce que enfin, quoi, j'avais bien dû avoir une mère, quelqu'un qui me dise de faire le ménage, de me soigner un peu, de changer de chaussettes. D'ailleurs, j'en ai eu une ; mais faut croire que gosse je n'étais pas du genre vif : je n'ai pas dû bien comprendre. Il faut bien qu'il y ait eu une raison.

Je suis resté là, debout, à côté du réfrigérateur, à me demander ce que j'allais faire après, et puis alors il m'est venu une idée formidable. Qu'est-ce que j'avais à perdre ? Je n'avais pas d'argent pour m'acheter des balles et j'avais faim. Il fallait absolument que je mange quelque chose.

Je suis monté chez ma propriétaire.

J'ai sonné.

Elle devait forcément s'attendre à tout sauf à ça, vu que cela faisait maintenant un mois que j'essayais de lui échapper comme une anguille en me faisant constamment piéger dans un filet d'injures.

Lorsqu'elle est venue m'ouvrir, elle n'est pas arrivée à croire que c'était moi qui me tenais là. À la regarder on aurait dit que le bouton de sa porte était électrifié. Ça l'a vraiment laissée sans voix.

J'en ai profité à fond.

« Eurêka ! je lui ai crié en pleine figure. J'ai de quoi payer le loyer ! J'ai de quoi acheter l'immeuble ! Vous en voulez combien ? Vingt mille en liquide ! Le navire de la chance est entré dans mon port ! Du pétrole, du pétrole ! »

Ça l'a tellement interloquée qu'elle m'a fait signe d'entrer chez elle et m'a montré une chaise où m'asseoir. Elle n'avait toujours pas dit un mot. Mon truc gazait très fort. J'avais du mal à y croire moi-même.

Je suis entré dans son appartement.

« Du pétrole ! Du pétrole ! » j'ai continué à hurler, et puis je me suis mis à faire de grands gestes comme du pétrole qui jaillit du sol. Je me suis transformé en puits de pétrole, là, sous ses yeux.

Je me suis assis.

Elle s'est assise en face de moi.

Le bec toujours cloué.

« Mon oncle a trouvé du pétrole à Rhode Island ! je lui ai hurlé dans la figure. Il y en a la moitié à moi. Je suis riche. Vingt mille en liquide pour ce tas de merde que vous appelez immeuble. Vingt-cinq mille ! j'ai hurlé. Je veux vous épouser et élever toute une famille de petits immeubles à louer ! Je veux qu'on fasse imprimer notre certificat de mariage sur une pancarte complet ! »

Ça a marché.

Elle m'a cru.

Cinq minutes plus tard j'avais une tasse de lavasse à la main, je mâchonnais un beignet rassis et elle me racontait à quel point elle était contente pour moi. Je lui ai dit que je lui achèterais l'immeuble la semaine d'après, quand j'aurais reçu le premier million de dollars de droits sur le pétrole.

Lorsque je suis parti de chez elle après avoir apaisé ma faim et gagné une semaine de gîte, elle m'a serré la main et m'a dit : « Vous êtes un bon petit gars. Du pétrole à Rhode Island.

— Exactement, je lui ait dit. Près de Hartford. »

J'allais lui demander cinq dollars pour pouvoir m'acheter des balles pour mon pistolet, et puits je me suis dit qu'il ne fallait pas attiger.

Et puits. Ha-ha.

Elle est bien bonne.

Babylone

Aïe-aïe-aïe, j'ai commencé à rêver de Babylone en redescendant chez moi. Il ne fallait à aucun prix que je me mette à rêver de Babylone juste au moment où je commençais à arranger quelques trucs. Si je me mettais à gamberger sur Babylone il allait se passer des heures sans que je m'en rende compte.

Je pouvais très bien m'asseoir dans mon appartement et tout d'un coup il serait déjà minuit, et alors là, ça y serait : j'aurais perdu mes maigres chances de remettre un peu d'ordre dans ma vie, ce qui, dans l'immédiat, signifiait qu'il fallait que je trouve des balles pour mon pistolet.

La dernière chose dont j'avais besoin en ce moment c'était de me mettre à rêver de Babylone.

Il fallait que je résiste un peu à Babylone ; assez longtemps pour trouver des balles. J'ai fait un effort héroïque, en descendant l'escalier de cet immeuble moisi et galeux qui ressemblait à une tombe, pour tenir Babylone à distance.

Ça a été moins une pendant quelques instants, mais, au bout d'un moment, Babylone a fini par se fondre à nouveau dans les ombres et à s'éloigner de moi comme un nuage.

Je me suis senti un peu triste.

Je ne voulais pas que Babylone s'en aille.

Oklahoma

Je suis rentré dans mon appartement et j'ai pris mon pistolet. En le mettant dans ma poche de veste je me suis dit : *Il faudrait qu'un de ces jours je nettoie ce machin-là.* Et puis ce ne serait pas mal non plus de me trouver un étui pour le porter sous ma veste. Ça ajouterait un petit air d'authenticité qui m'aiderait peut-être à décrocher d'autres affaires.

Quand je suis sorti de chez moi pour essayer d'aller ratiboiser quelques balles dans San Francisco, ma propriétaire était en haut de l'escalier, à m'attendre.

Dieu de Dieu, j'ai pensé : elle a repris ses esprits. J'ai attendu qu'un énorme chapelet d'injures vienne me crépiter aux oreilles et refasse de ma vie l'habituel enfer sur terre ; mais il ne s'est rien passé. Elle s'est contentée de rester debout là-haut à me regarder sortir de l'immeuble, un sourire figé aux lèvres.

Juste au moment où j'ouvrais la porte d'entrée, elle a parlé. On aurait presque dit la voix d'un enfant : « Pourquoi pas dans l'Oklahoma, les puits de pétrole ? Y a plein de pétrole dans l'Oklahoma.

— Trop près du Texas, j'ai fait. Y a de l'eau salée qui coule sous la route. »

Ça l'a achevée.

Il n'y a pas eu de réponse.

On aurait dit Alice au Pays des Merveilles.

Brouillard de cactus

Des balles, je ne pouvais trouver nulle part de l'argent pour m'en acheter ; alors j'ai décidé d'aller là où il y en a toujours : dans un commissariat de police.

Je suis allé à pied jusqu'au Palais de Justice de Kearny Street voir un inspecteur que je connaissais là-bas et avec qui j'avais été très ami dans le temps, pour voir si je ne pourrais pas lui emprunter quelques balles.

Peut-être bien qu'il m'en prêterait six en attendant que je voie mon client et que je touche mon avance. Je devais le retrouver devant une station de radio dans Powell Street. Il était deux heures de l'après-midi. J'avais quatre heures pour trouver des balles. Je ne connaissais ni l'identité de mon client ni la nature du boulot ; tout ce que je savais c'était que j'avais rendez-vous devant la station de radio à six heures ; à ce moment-là, on me dirait ce qu'on voulait que je fasse et j'essaierais d'obtenir une avance.

Après ça, je pourrais donner quelques dollars à ma propriétaire et lui dire que le fourgon blindé dans lequel on m'envoyait mon million de dollars s'était perdu dans un brouillard de cactus près de Phoenix, dans l'Arizona, mais qu'il ne fallait pas qu'elle s'inquiète : il était maintenant certain que le brouillard allait se lever d'un jour à l'autre et l'argent arriver.

Si elle me demandait ce que c'était qu'un brouillard de cactus, je lui dirais que c'était le genre de brouillard le plus terrible parce qu'il était plein de piquants. Qu'une fois pris dedans, il était extrêmement risqué de se déplacer. Que le mieux c'était de rester sur place et d'attendre qu'il s'en aille.

Mon million de dollars attend que le brouillard se dissipe.

Ma petite amie

Il ne fallait pas longtemps pour descendre à pied au Palais de Justice. J'avais pris l'habitude de marcher dans San Francisco et j'arrivais à cavaler d'un bon train.

J'avais entamé l'année 1941 avec une voiture et voilà qu'aujourd'hui, un an plus tard, je ne pouvais plus compter que sur mes pieds. Il y a des hauts et des bas dans l'existence. Au point où j'en étais, ma vie ne pouvait plus guère que remonter la pente. Pour être plus bas que moi, il fallait être mort.

Il soufflait un vent froid ce jour-là à San Francisco, mais j'ai pris plaisir à descendre Nob Hill à pied pour aller au Palais de Justice.

J'ai commencé de penser à Babylone en approchant de Chinatown, mais j'ai réussi juste à temps à changer l'affiche dans ma tête. J'ai vu des petits Chinois qui jouaient dans la rue. J'ai essayé de deviner à quel jeu ils étaient en train de jouer. En me concentrant sur les gosses, j'ai réussi à éviter Babylone qui me fonçait dessus comme un train de marchandises.

Chaque fois que j'essaie de faire quelque chose et que Babylone commence à m'arriver dessus, j'essaie de me concentrer sur la première chose qui puisse l'empêcher de s'approcher. C'est toujours très dur parce que j'aime vraiment beaucoup rêver à Babylone et j'ai une belle petite amie là-bas. C'est dur à admettre, mais je la préfère aux vraies filles. J'ai toujours eu envie de rencontrer une fille qui m'intéresse autant que mon amie de Babylone.

Je ne sais pas.

Un jour peut-être.

Peut-être jamais.

Le sergent Rink

Après le jeu des petits Chinois, pour garder Babylone à distance, j'ai pensé à mon ami l'inspecteur. Il était sergent et s'appelait Rink. C'était un flic très coriace. Le champion du monde des coriaces, je crois que c'était lui. Il avait mis au point une baffe qui laissait l'empreinte exacte des doigts sur la figure, on aurait dit une marque provisoire au fer rouge. Et encore, la baffe en question n'était qu'un geste d'accueil amical de la part du sergent Rink à côté de ce qui se passait ensuite si l'on n'était pas très, mais alors très, coopératif.

J'avais fait la connaissance de Rink quand nous étions tous les deux en stage pour entrer dans la police en 36. Je voulais devenir flic. On était très bons amis à l'époque. Aujourd'hui on serait tous les deux dans la police et on résoudrait ensemble des énigmes criminelles si je m'étais seulement débrouillé pour réussir mon examen de fin de stage. Remarquez, il ne s'en était pas fallu de grand-chose. Je n'étais qu'à cinq points d'une carrière de flic.

C'est rêver de Babylone qui m'a fichu dedans. J'aurais pourtant fait un bon flic. Si seulement j'avais pu m'arrêter de rêver à Babylone. Babylone m'a causé à la fois des joies si intenses et de si lourds tracas.

Je n'ai traité aucune des vingt dernières questions de l'examen. C'est pour ça que j'ai été recalé. Je n'ai fait que de rêver à Babylone, assis là, à ma table, pendant que tous les autres étaient en train de répondre aux questions et de devenir flics.

Le Palais de Justice

Je n'ai jamais beaucoup aimé l'allure du Palais de Justice. C'est un bâtiment énorme à l'air lugubre, on dirait une tombe et à l'intérieur il règne toujours comme une odeur de marbre pourri.

Je ne sais pas.

Ça vient peut-être de moi.

Il y a de fortes chances.

Il y a tout de même une chose intéressante : je suis déjà entré au moins deux cents fois dans le Palais de Justice et je ne pense jamais à Babylone lorsque je m'y trouve : comme quoi c'est un endroit qui m'est d'une certaine utilité.

J'ai pris l'ascenseur jusqu'au quatrième étage et j'ai trouvé mon ami l'inspecteur assis à son bureau, dans les locaux de la brigade criminelle. Mon ami a exactement l'air de ce qu'il est : un flic très coriace qui aime bien tirer les meurtres au clair. La seule chose qu'il aime encore mieux qu'un bon crime bien juteux, c'est un steak dans l'aloyau sous un gros tas d'oignons. Il a une petite trentaine d'années et il est bâti comme une camionnette Dodge.

La première chose que j'ai remarquée, c'est son étui à pistolet dans lequel se prélassait un chouette calibre 38 spécial police. J'étais particulièrement attiré par les balles qui se trouvaient dans le pistolet. Je les aurais bien voulues toutes les six mais je me suis dit que trois suffiraient.

Le sergent Rink était en train d'examiner avec attention un coupe-papier.

Il a levé les yeux.

« Vaut mieux voir ça que d'être borgne, dit-il.

— Tu as besoin d'un coupe-papier pour quoi faire ? je lui ai fait, du tac au tac. Tu sais bien que tu n'es pas doué pour la lecture.

— Tu vends toujours des photos porno ? dit-il en souriant. Des cartes de vœux façon Tijuana ? Celles pour les dames qui aiment bien les chiens ?

— Non, dis-je. Il y avait trop de flics qui me demandaient des échantillons. Ils m'ont bouffé mon stock. »

Il n'y avait pas beaucoup de travail pour les détectives privés à cette époque-là, c'était au moment de l'Exposition Universelle, dans l'Île au Trésor, en 40, alors je mettais un peu de beurre dans mes épinards en vendant des photos « artistiques » aux touristes.

Le sergent Rink aimait bien me chiner sur mes photos.

Il y a des tas de choses que j'ai faites dans ma vie et dont je ne suis pas très fier ; mais la pire de toutes, c'est de devenir aussi pauvre que je l'étais maintenant.

« Cette arme a servi à tuer, dit Rink en laissant tomber le coupe-papier sur son bureau. On l'a trouvée dans le dos d'une prostituée de bonne heure ce matin. Pas d'indices. Rien que son corps sur le pas d'une porte et ça.

— L'assassin devait être un peu paumé, dis-je. Quelqu'un aurait dû l'emmener dans une papeterie et lui expliquer la différence entre une enveloppe et une pute.

— C'est pas vrai ! » dit Rink, en secouant la tête.

Il ramasse le coupe-papier.

Il le fait tourner très lentement dans sa main. Ce n'était pas de le regarder jouer avec l'arme d'un crime qui allait m'aider à trouver des balles pour mon pistolet.

« Qu'est-ce que tu veux ? » dit-il, en contemplant le coupe-papier, sans même se donner la peine de lever les yeux vers moi. « Tu sais très bien que la dernière fois que je t'ai prêté un dollar j'ai dit que c'était fini, alors, qu'est-ce que tu veux ? Qu'est-ce que je peux faire pour toi à part t'indiquer comment on va au Golden Gate Bridge et quelques trucs de base sur la façon de sauter ? Quand te sortiras-tu de la tête l'idée idiote que tu es détective privé ? Pourquoi tu te trouves pas un boulot, histoire de plus tout le temps être dans mes pattes ? C'est la guerre, je te signale. Il doit bien y avoir un boulot que tu saches faire.

— Faudrait que tu m'aides, j'ai fait.

— Ah ! merde », dit-il, en levant enfin les yeux. Il a posé le coupe-papier, mis la main à sa poche et en a sorti une poignée de monnaie. Il a choisi très soigneusement deux pièces de vingt-cinq cents, deux de dix et une de cinq. Il les a posées sur le bureau et les a poussées dans ma direction.

« Bon, voilà, dit-il. L'année dernière tu valais cinq dollars, et puis t'es descendu à un. Maintenant tu es un gars à soixante-quinze cents. Trouve-toi un boulot. Enfin quoi, bon Dieu : il doit bien y avoir un boulot à ta portée. En tout cas, moi, je sais une chose : c'est qu'être détective, c'est pas dans tes cordes. Un détective qui n'a qu'une chaussette aux pieds, ça n'intéresse pas grand monde. Les gens que ça intéresse, on doit pouvoir les compter sur les doigts d'une main. »

J'avais espéré que Rink ne s'en apercevrait pas, mais naturellement il l'avait remarqué. Je pensais à Babylone ce matin en m'habillant, et je ne me suis aperçu que j'avais une seule chaussette qu'au moment d'entrer au Palais de Justice.

Je m'apprêtais à dire que je n'avais pas besoin de ses soixante-quinze cents – évidemment, ils tombaient à pic –, qu'en fait, ce que je voulais, c'était des balles pour mon pistolet.

J'ai essayé de jauger la situation.

Je n'avais pas grand choix.

Je pouvais prendre les soixante-quinze cents : c'était tout bénéfice ; ou bien alors dire : non, ce n'est pas de l'argent que je veux. C'est des balles pour mon pistolet.

Si je prenais les soixante-quinze cents et que je lui demande des balles par-dessus le marché, il y avait une bonne chance pour qu'il explose. Il fallait que je fasse très attention parce que, comme j'ai dit tout à l'heure, c'est un ami. Vous voyez d'ici comment peuvent être les gens qui ne m'aiment pas.

J'ai regardé les soixante-quinze cents sur son bureau.

Et puis je me suis souvenu d'un petit malfrat de ma connaissance qui habitait dans North Beach. Si je me souvenais bien, il avait eu un pistolet dans le temps. Peut-être qu'il l'avait encore et que je pourrais le taper de quelques balles.

J'ai ramassé les soixante-quinze cents.

« Merci », je lui ai dit.

Rink a poussé un soupir.

« Barre ton cul d'ici, dit-il. La prochaine fois que je te vois, je veux avoir en face de moi un homme pourvu d'un emploi et qui grille d'envie de rembourser les quatre-vingt-trois dollars et soixante-quinze cents qu'il doit à son vieux copain Rink. Mais si je vois quelque chose qui ressemble même vaguement à la tête que t'as maintenant, je te fous au trou pour vagabondage et je me débrouille pour que t'en prennes pour un mois ferme. Ramasse tes abattis et fous-moi le camp d'ici. »

Je l'ai laissé jouer avec son coupe-papier.

Peut-être que ça allait lui donner un début de piste, que ça l'aiderait à résoudre l'énigme de la prostituée.

D'un autre côté, il pouvait aussi se le prendre et se le foutre dans le cul.

Adolf Hitler

Je suis sorti du Palais de Justice et je suis remonté à pied vers North Beach pour voir si je ne pourrais pas emprunter quelques balles au petit malfrat de ma connaissance qui demeurait sur Telegraph Hill.

Il vivait dans un appartement de Green Street.

Évidemment, vu ma veine, le petit malfrat n'était pas chez lui. C'est sa mère qui est venue ouvrir. Je ne l'avais jamais rencontrée avant, mais j'ai compris que c'était sa mère parce qu'il m'avait beaucoup parlé d'elle. Elle m'a juste regardé et elle a dit : « Il s'est rangé. Fichez le camp. C'est un bon petit gars maintenant. Trouvez quelqu'un d'autre pour faire des casses chez les gens. »

J'ai dit : « Quoi ?

— Vous savez très bien de quoi je veux parler, a-t-elle dit. Il ne veut plus rien avoir à faire avec des types comme vous. Il va à l'église maintenant. À la messe de six heures. »

C'était une petite vieille Italienne, dans les soixante ans. Elle portait un tablier blanc. Je crois qu'elle n'a pas très bien compris quel genre j'étais.

« Il est parti s'engager, dit-elle. Il a le droit, vous savez. Il n'a jamais eu de gros ennuis. Rien que des bricoles. À cause de gens comme vous. Il va se battre contre Adolf Hitler. Montrer un peu à cet enfant de putain de quoi il retourne. »

Elle a commencé à fermer la porte.

« Fichez-moi le camp d'ici, a-t-elle hurlé. Allez vous engager ! Faites quelque chose de votre peau ! Il n'est pas trop tard ! Le bureau de recrutement est encore ouvert ! Ils vous prendront si vous n'avez pas fait de taule !

— Je n'ai pas l'impression que vous saisissez qui je suis. Je suis détective… »

VLAN !

Manifestement, on ne se comprenait pas bien.

Incroyable.

Elle croyait avoir affaire à un escroc.

Moi qui étais juste venu emprunter quelques balles.

Moutarde

Toujours pas de balles, et je commençais à avoir faim. Les calories du beignet rassis que j'avais tapé à ma propriétaire commençaient d'appartenir à l'histoire.

Je suis entré dans une petite épicerie fine sur Columbus Avenue et je me suis acheté un sandwich salami et gruyère dans un petit pain avec un tas de moutarde.

C'est comme ça que je les aime : avec un gros tas de moutarde.

Ça a fait un trou de quarante-cinq cents dans mes soixante-quinze cents.

J'étais maintenant un détective privé à trente cents.

Le vieil Italien qui m'a fait le sandwich avait une, tête très intéressante. Du moins, j'ai fait comme si, parce que je commençais à penser à Babylone ; or ça je ne pouvais pas me le permettre si je voulais tirer un peu d'argent de mon client, le premier depuis le 13 octobre 1941. Dieu de Dieu, quelle sale passe !

Une affaire de divorce, c'était :

Un mari de cent cinquante kilos voulait savoir ce que trafiquait son épouse de cent cinquante kilos. Il avait dans l'idée qu'elle cavalait, et c'était vrai : avec un mécanicien auto de cent cinquante kilos. Épatant comme histoire. Elle allait à son garage tous les mercredis après-midi et il la baisait sur le capot d'une voiture. J'avais pris des photos terribles. C'était avant que je mette mon appareil au clou. J'aurais voulu que vous voyiez la tête qu'ils ont faite quand je suis sorti en trombe de derrière une Buick et que j'ai commencé à mitrailler. Quand il s'est retiré, elle a roulé par terre avec le bruit d'un ascenseur qui tombe sur un éléphant.

« Mettez-y un peu plus de moutarde, j'ai dit.

— Ma, qué vous aimez drolément la moustarda, dit le vieil Italien. Qué vous dévriez commaneder oune sandwich avé solément dé la moustarda. »

Il a ri en disant ça.

« Peut-être que le client suivant n'en mettra pas, j'ai fait. Peut-être qu'il aura horreur de ça. Qu'il ne peut pas encaisser la moutarde. Qu'il aimerait mieux aller en Chine que d'en mettre.

— Ma qué zé voudrais biéne, dit-il. Oh, fermer la boutiqua ! Plous dé sandwiches. »

Le vieil Italien était le portrait craché de Rudolph Valentino, si Rudolph Valentino avait été un vieil Italien en train de faire des sandwiches et de se plaindre de ce que les gens mettaient trop de moutarde sur leurs sandwiches.

Qu'est-ce qu'il y a de mal à aimer la moutarde ?

Vaut mieux ça que de s'intéresser aux petites filles de six ans.

Bela Lugosi

J'ai redescendu Columbus Avenue en mangeant mon sandwich et je me suis dirigé vers la morgue. Je venais de me rappeler un autre endroit où j'arriverais peut-être à trouver des balles. J'y allais au jugé, mais tout ce que je faisais à l'époque je le faisais au jugé ; et ça commençait le matin au réveil. J'avais une chance sur cinquante d'aller pisser le matin sans m'en foutre une demi-vessie sur les pieds, si vous voyez ce que je veux dire.

J'avais un ami qui travaillait à la morgue. Il avait un pistolet dans le tiroir de son bureau. Quand j'ai rencontré le gars, ça m'a d'abord paru bizarre. Parce que enfin, c'est vrai, qu'est-ce qu'on peut bien foutre d'un pistolet dans un endroit plein de gens refroidis ? Il y a tout de même assez peu de chances pour que Bela Lugosi et quelques amis à lui, Igor par exemple, entrent là-dedans par effraction et se tirent en emportant quelques macchabs pour les ramener à la vie.

Un jour, j'ai demandé à mon ami, pour le pistolet.

Pendant quelques minutes, il n'a rien dit.

Il gambergeait ferme.

« Un jour, ils ont amené le cadavre d'un type qui tuait les gens à coups de hache, finit-il par m'expliquer. Un gars qui avait été descendu par la police après avoir décapité tous les joueurs pendant une partie de cartes qui se tenait dans son sous-sol tous les vendredis soir depuis vingt ans. Il était en train de cavaler dans la rue en faisant tournoyer sa hache quand la police lui a balancé huit balles dans le buffet. Quand la police l'a apporté ici, il m'a paru vachement mort ; mais ça ne s'est pas tout à fait passé comme ça. J'étais en train de le mettre au frigo quand, tout d'un coup, il s'est redressé et il a essayé de me couper la tête avec sa main. Il croyait encore avoir sa hache. Je lui ai fichu un coup sur la tête avec une cuvette à dissection ; ça l'a calmé. Il était mort pour de bon quand la police est revenue après mon coup de téléphone.

« J'étais dans une situation embêtante parce qu'ils n'ont pas voulu me croire. Ils ont cru que j'avais bu un verre ou deux et que j'avais tout inventé.

« Alors j'ai dit : "Non, les gars, vous m'avez apporté quelqu'un qu'était pas mort. Exactement ! Ce fils de pute gigotait encore."

« Alors ton ami Rink, qui se trouvait avec eux, m'a fait : "Écoute, Pilon, je vais te poser une question."

— Vas-y, je lui fais.

— Et je veux que tu répondes à ma question aussi sincèrement que possible, d'accord ?

— D'accord, je lui fais. Envoie.

— Oui ou non, vois-tu des tas de trous dans ce fumier ?

— Ouais, je lui fais.

— Est-ce qu'il est mort, là, maintenant ? »

On était tous là autour du corps. Il ressemblait tellement à une passoire que c'en était ridicule.

— Ben oui, je lui fais.
— Tu es bien sûr qu'il est mort ?
— Sûr sûr, je lui fais.
— Sûr sûr ? que me fait Rink.
— Sûr sûr, je lui fais.
— Alors arrête ton char, il me fait.
— Vous me croyez pas ? je lui dis.
— Si, si, on te croit, il fait. Mais ne le dis à personne. Si j'étais toi, je ne le dirais même pas à ma femme.
— J'suis pas marié, je lui dis.
— Alors raison de plus.

« Et puis ils sont partis.

« Ils m'ont tous reluqué avant de partir. Moi, j'ai bien compris ce qu'ils avaient dans le crâne, mais enfin, y avait pas de doute : ce fumier était encore vivant ; du coup, je n'avais pas envie de prendre encore des risques avec les autres morts, tous les assassins, les voleurs de banques et les obsédés qui arrivent ici. On ne sait jamais quand ils ne sont pas morts, s'ils jouent juste la comédie ou s'ils ont perdu connaissance ou je ne sais quoi, et s'ils ne vont pas vous sauter dessus sans prévenir ; c'est pour ça que je me suis trouvé le pistolet que j'ai là dans le tiroir du bureau. La prochaine fois : PAN ! »

C'était là que j'allais emprunter les balles dont j'avais besoin.

J'allais les demander à mon ami Pilon qui travaille à la morgue et qui a un pistolet dans un coin pour tirer sur des morts.

1934

Tout à coup, je me suis rappelé que j'aurais dû donner un coup de téléphone, plus tôt dans la journée, mais à ce moment-là je n'avais pas de pièce de cinq cents ; or, maintenant, j'en avais une, grâce au sergent Rink ; alors je me suis arrêté dans une cabine téléphonique pour donner mon coup de téléphone.

La personne qu'il fallait que j'appelle n'était pas chez elle et le téléphone ne m'a pas rendu ma pièce de cinq cents. J'ai cogné dessus une demi-douzaine de fois avec le poing en le traitant de putain de saloperie. Ça n'a pas marché non plus. Et puis j'ai remarqué qu'il y avait un peu de moutarde sur le combiné et du coup je me suis senti un peu mieux.

Il allait falloir que je rappelle plus tard et les soixante-quinze cents que j'avais au départ étaient en train de filer à toute vitesse. Ç'aurait pu être drôle s'il y avait eu de quoi rire.

De toute façon, je n'avais pas faim ; plus maintenant.

Faut que je regarde le bon côté des choses.

Peux pas me laisser abattre.

Si je me laisse avoir par tout ça, je commence à penser à Babylone et alors ça ne fait qu'empirer parce que je préfère penser à Babylone qu'à n'importe quoi d'autre et quand je commence à penser à Babylone je ne peux faire que penser à Babylone et puis ma vie entière part à vau-l'eau.

Enfin, toujours est-il que c'est comme ça que ça se passe depuis huit ans, depuis 1934, date à laquelle j'ai commencé à penser à Babylone.

La blonde

Au moment où je suis entré à la morgue, juste derrière le Palais de Justice sur Merchant Street, une jeune femme en sortait en pleurant. Elle portait un manteau de fourrure. Elle avait l'air d'une très chouette gonzesse. Elle avait des cheveux blonds courts, le nez long, et sa bouche avait l'air si appétissante que j'ai commencé à en avoir mal aux lèvres.

Il y avait bien longtemps que je n'avais embrassé personne. C'est difficile de trouver quelqu'un à embrasser quand on n'a pas d'argent en poche et qu'on a une vie aussi merdique que la mienne.

Je n'avais embrassé personne depuis la veille de Pearl Harbor. C'était Mabel. Je parlerai de ma vie sentimentale plus tard, quand il ne se passera rien d'autre. Je veux dire rien, absolument rien : que dalle.

La blonde m'a regardé en descendant les marches. Elle m'a regardé comme si elle me connaissait, mais elle n'a rien dit. Elle a continué à pleurer, c'est tout.

J'ai jeté un coup d'œil par-dessus mon épaule pour voir s'il y avait quelqu'un d'autre derrière moi qu'elle aurait pu regarder : non, j'étais la seule personne à entrer dans la morgue ; ça devait donc être moi. Bizarre.

Je me suis retourné et je l'ai regardée s'éloigner.

Elle s'est arrêtée au bord du trottoir, et une limousine noire Cadillac Lasalle 16 cylindres avec chauffeur s'est garée devant elle ; elle y est montée. On aurait dit que la voiture était arrivée de nulle part. D'abord elle n'était pas là, et la seconde d'après elle y était. La fille m'a regardé à travers la vitre au moment où la voiture a démarré.

Son chauffeur était un monsieur balèze à l'air pas commode. Il avait une tête à la Jack Dempsey et un cou énorme. À le regarder, on se disait qu'il éprouverait sûrement un immense plaisir à faire dix rounds contre votre grand-mère et à veiller qu'elle tienne la distance. Après quoi, il resterait plus qu'à la ramener chez elle dans un grand bocal de quatre litres.

Quand la limousine a démarré, il s'est retourné et m'a fait un grand sourire comme si nous étions de mèche : de vieux copains, un truc comme ça.

Je ne l'avais jamais vu de ma vie.

« L'Œil »

J'ai trouvé mon copain de la morgue au fond, dans la salle d'autopsie, en train de contempler les seins morts d'un cadavre de dame allongé sur une table de pierre et qui, de toute évidence, attendait qu'on lui fasse sa petite autopsie personnelle. On n'a droit qu'à une seule en ce bas monde.

Il était complètement absorbé dans la contemplation de ses nichons.

Elle était belle, mais elle était morte.

« Dis, tu ne trouves pas que tu es un peu vieux pour ce genre de chose ? j'ai dit.

— Ah, c'est toi, "L'Œil", dit Pilon. T'es pas encore mort de faim ? Ça fait un moment que j'attends ta carcasse. »

Pilon m'appelait toujours « L'Œil ». C'était son mot à lui pour « détective privé ».

« La chance tourne, dis-je. J'ai un client.

— C'est marrant, ça, dit Pilon. J'ai beau avoir lu le journal ce matin, je n'y ai rien vu qui parle d'une évasion de dingues dans un asile du coin. Pourquoi c'est toi qu'on a choisi ? Ça existe les vrais détectives à San Francisco. Y a qu'à lire l'annuaire. »

J'ai regardé Pilon et puis le corps de la jeune

femme. Elle avait été très belle dans la vie. Morte, elle avait l'air mort.

« J'ai dans l'idée que si j'étais arrivé quelques minutes plus tard, je t'aurais trouvé en train de sauter notre petite copine, dis-je. Tu devrais en essayer une vivante un jour. Au moins on ne chope pas un rhume chaque fois qu'on les baise. »

Pilon a souri, tout en continuant d'admirer la nana défunte.

« Un corps parfait, dit-il en soupirant. Le seul défaut c'est qu'elle ait un trou de quinze centimètres dans le dos. Quelqu'un lui a planté un coupe-papier dedans. C'est vraiment dommage.

— On l'a poignardée avec un coupe-papier ? » j'ai demandé. Ça me disait quelque chose, mais je n'arrivais pas à retrouver quoi. J'avais vaguement l'impression d'avoir déjà entendu ça quelque part.

« Ouais, c'était une belle de nuit. Ils l'ont trouvée sous un porche. C'est bête de gaspiller des dons comme ça.

« Tu n'as jamais couché avec une femme vivante ? j'ai fait. Qu'est-ce qu'elle penserait de toi, ta mère, si elle apprenait que tu fais des choses pareilles ?

« D'abord, ma mère ne pense pas. Elle vit encore avec mon père. Qu'est-ce qui t'amène, "L'Œil" ? Tu sais que ton crédit ne vaut pas lerche, mais si t'as besoin d'un endroit où dormir, j'ai une couchette libre qui t'attend en bas à la chambre froide ; ou alors, si tu préfères, je peux te border là-haut. »

Il a fait un geste de la tête pour me montrer un

réfrigérateur bizarre aménagé dans le mur et assez spacieux pour accueillir quatre corps.

On conservait la plupart des cadavres en bas, en « chambre froide », mais on en gardait quelques-uns dans la salle d'autopsie, les spéciaux.

« Non merci, je n'ai pas envie que des obsédés me regardent pendant que je dors.

— Tu veux du café alors ? a demandé Pilon.

— Tu parles », j'ai dit.

On est allés à son bureau, dans un coin de la salle d'autopsie. Il avait une plaque chauffante sur sa table, avec une cafetière. On s'est versé une tasse de café et on s'est assis.

« Bon, allez "L'Œil", accouche. Tu n'es tout de même pas descendu jusqu'ici pour me rembourser les cinquante dollars que tu m'as empruntés. Hein, j'ai pas raison, p't'être ? Tu parles que j'ai raison. » Il s'est répondu tout seul.

J'ai avalé une gorgée de café. Au goût, on aurait dit qu'il venait de le tirer du cul d'un de ses trépassés. J'ai failli le lui dire, et puis je me suis ravisé.

« J'ai besoin de balles, j'ai dit.

— Quoi ? dit Pilon. Qu'est-ce que t'as dit ? Répète pour voir.

— J'ai une affaire, un client, du liquide ; mais pour ce boulot il faut que je sois chargé.

— Tu trimbales un pistolet, toi ? dit-il. Tu ne trouves pas que c'est un peu dangereux ?

— J'ai fait la guerre, j'ai dit. J'ai été soldat. J'ai été blessé. Je suis un héros.

— De la merde ! Tu t'es battu pour ces putains de communistes en Espagne et tu t'es fait tirer dans le cul. C'est d'ailleurs bien fait pour ta gueule. Comment t'as fait pour te faire tirer dans le cul ? »

J'en suis revenu au thème initial. Je n'allais pas passer toute ma journée avec ce rigolo.

« J'ai besoin de six balles. Mon pistolet est vide. Je n'ai pas l'impression que mon client ait envie d'engager un détective privé qui trimbale un pistolet vide. Tu n'as pas un pistolet ici pour le cas où les macchabs se mettraient à se redresser pour te courir après avec des haches ?

— Pas si fort », dit Pilon ; il n'y avait personne d'autre dans la pièce, mais il a quand même jeté un regard autour de lui en disant ça. Il avait pris les conseils du sergent Rink très au sérieux et n'avait pas parlé de l'incident du tueur-à-la-hache. J'étais l'un des rares à avoir été mis au courant. Nous étions assez bons copains avant que je ne commence à lui emprunter de l'argent sans pouvoir le lui rembourser. Nous étions encore amis, mais il voulait récupérer son argent ; ce qui fait qu'il y avait comme qui dirait une espèce de petit muret entre nous. Rien de grave, mais un petit quelque chose tout de même.

« Alors ? j'ai dit.

— Ouais, je l'ai toujours ici. On ne sait jamais.

— Tu ne veux pas me prêter quelques balles alors ? Six, ce serait bien.

— Bon, alors : tu commences par m'emprunter des billets de dix ; le coup d'après, c'est des cinq ;

et puis des un ; et voilà que maintenant tu veux les balles qui sont dans mon putain de pistolet. T'es vraiment le meilleur. Pauvre mec. Vraiment le pauvre mec.

— Je sais, dis-je. Mais j'ai besoin de balles. Comment veux-tu que j'arrive à te rembourser si tu ne me prêtes pas assez de munitions pour que je puisse travailler ? »

Pilon a pris un air légèrement dégoûté.

« Oh, et puis merde, dit-il. Mais je vais pas te les donner toutes. Je vais m'en garder trois au cas où il se passerait encore des trucs bizarres par ici.

— Tu crois toujours que c'était vrai alors ?

— Fais gaffe, "L'Œil" », dit Pilon.

Il a de nouveau jeté un coup d'œil autour de la pièce. Nous étions toujours seuls. Il a ouvert le tiroir de son bureau avec un tas de précautions et en a sorti un revolver. Il a ouvert le barillet, en a extrait trois balles et me les a données. Puis il a remis le revolver à sa place.

« Clodo, va ! » il m'a fait.

J'ai regardé les cartouches que j'avais dans la main. J'ai même rivé mes yeux dessus.

« Qu'est-ce qu'y a qui ne va pas ? dit-il.

— Elles sont de quel calibre ? j'ai dit.

— C'est du 32, dit-il.

— Ah ! merde », j'ai fait.

Calibre 38

« C'est un 38 que tu as, hein ? a dit Pilon.

— Comment t'as deviné ?

— Quand on te connaît, c'est pas difficile.

— Qu'est-ce que je vais faire ? je lui dis.

— Pourquoi tu ne cherches pas du boulot ? dit Pilon. Il y a des tas de gens qui travaillent. C'est pas comme la lèpre, tu sais.

— Mais j'ai un client, je te dis. Un vrai.

— Il t'est déjà arrivé d'avoir des clients et il t'est déjà arrivé aussi de te faire virer. Regarde les choses en face, mon vieux. Tu ne vaux pas un clou comme privé. Si ma femme me trompait, j'engagerais Donald Duck pour qu'il me dise avec qui elle fait ça plutôt que de te le demander à toi ; et encore, je ne suis pas marié. Pourquoi tu t'achètes pas des balles pour ta connerie de pétard ?

— Je n'ai pas d'argent, dis-je.

— Même pas de quoi acheter des balles ? Enfin, quoi, merde, ça coûte un dollar, dans le coin.

— Je traverse une période difficile, dis-je.

— J'ai l'impression que la seule bonne période que je t'ai connue, c'est quand tu t'es fait renverser par une auto l'année dernière, dit Pilon. Et pourtant, je t'assure qu'il y a des gens pour qui la veine ça ne consiste pas à se faire renverser par une voiture et à se faire casser les deux jambes.

— Qu'est-ce que je vais faire ? »

Pilon a hoché la tête avec un sourire douloureux.

Il a ouvert le tiroir de son bureau, sorti son revolver et me l'a tendu.

« Si jamais un gonze revient à la vie et m'étrangle pendant que j'essaie de le débarbouiller, bordel de merde, ce sera de ta faute, et je reviendrai pour te hanter. Tu n'auras jamais plus une seule nuit de sommeil potable. Je viendrai te faire des trucs dans le cul avec mon grand drap. Tu le regretteras. »

J'ai mis le pistolet dans la poche de veste qui n'en contenait pas encore.

« Merci beaucoup, Pilon, j'ai dit. T'es un vrai pote.

— Tu n'es qu'un raté de merde, dit Pilon. Je veux voir ce pistolet ici demain matin, tu m'entends ?

— Merci », dis-je. Je me faisais l'effet d'un vrai privé avec un pistolet chargé dans ma poche. Pas de doute, ma chance tournait. Je remontais la pente.

Le premier courrier

Pilon m'a raccompagné jusqu'à la porte. Il se déplaçait vite et avec beaucoup de grâce pour quelqu'un qui avait un pilon. Au fait, c'est vrai, est-ce que je vous ai déjà dit ça ? Je ne pense pas. J'aurais pourtant dû. C'est assez intéressant : un gars avec un pilon qui s'occupe de types morts.

Et puis je me suis rappelé un truc que je voulais lui demander.

« Hé, dis, Pilon, j'ai fait. Tu as vu la blonde qui sortait d'ici il y a une minute ? Les cheveux courts, manteau de fourrure, pas mal ?

— Ouais, dit-il. Elle était venue rendre visite à l'une de mes clientes : la gironde que quelqu'un a ouverte faute de mieux parce qu'il n'avait pas la patience d'attendre le premier courrier.

— Quoi ?

— Le coup du coupe-papier.

— Tu as dit coupe-papier ? j'ai demandé.

— Ouais, la fille qui a été tuée avec le coupe-papier. La blonde l'a vue. Elle a dit qu'elle croyait que la fille pourrait bien être sa sœur. Elle avait lu l'histoire dans le journal ; mais en fin de compte, c'était pas la bonne fille.

— C'est drôle, j'ai dit. Elle pleurait quand elle est sortie.

— Ça, je ne sais pas, mais elle ne pleurait pas quand elle m'a quitté. Ça n'a pas eu l'air de la remuer beaucoup. Froide comme un nez de poisson », dit Pilon.

Le coupe-papier !

Ça y est : je me souvenais.

Le sergent Rink était en train de jouer avec le coupe-papier dont on s'était servi pour tuer la fille sur laquelle je venais de voir baver Pilon. Je savais bien, quand Pilon avait parlé d'un coupe-papier que ça me disait quelque chose ; c'était ça. Le coupe-papier était l'arme du crime.

Je me suis dit : *C'est curieux toutes ces coïncidences ; un vrai régal pour amateurs de polar. Pas de logique apparente… Enfin. De toute façon, c'est pas mes affaires.*

« Salut, j'ai fait.

— N'oublie pas de rapporter le pistolet demain matin », m'a dit Pilon ; et il est rentré dans sa morgue, pilon-pilant.

Le chef

Hourrah, ça y était ! J'avais un pistolet chargé. Dans quelques heures, j'allais pouvoir aller d'un pas confiant à mon rendez-vous. Je me demandais bien ce qu'on voulait que je fasse pour avoir besoin d'un pistolet. Enfin : à cheval donné on ne regarde pas les dents. J'avais vraiment besoin du fric.

J'allais demander cinquante dollars pour les frais. Ça ferait de sacrés changements dans mon train de vie. Quelques dollars suffiraient à me débarrasser de ma propriétaire. Je ne pensais pas que le bobard que je lui avais raconté sur les puits de pétrole à Rhode Island tiendrait longtemps. Je me disais qu'à l'heure où je rentrerais chez moi, elle serait déjà en train de hurler comme une possédée.

J'avais du temps à tuer, alors j'ai remonté la rue à pied jusqu'à Portsmouth Square et je me suis assis sur un banc à côté de la statue élevée à la mémoire de Robert Louis Stevenson.

Il y avait des tas de Chinois qui allaient et venaient dans le parc. Je les ai regardés un moment. Intéressants comme gens. Pleins d'énergie. Je me suis demandé si on leur avait dit qu'ils avaient l'air de Japonais et que ce n'était pas tellement le moment de ressembler à des Japonais.

Je n'avais bien sûr plus rien à voir dans tout ça parce que, moi, j'avais déjà fait ma guerre : c'est ce que je me disais, assis sur un banc dans un parc de San Francisco, en regardant passer le monde. J'avais un pistolet chargé dans la poche et un client prêt à payer pour mes services.

Le monde n'était pas un endroit si désagréable que ça finalement ; alors j'ai commencé à penser à Babylone. Et pourquoi pas ? Je n'avais rien d'autre à faire des deux heures à venir. Ça ne pouvait pas faire de mal. Il faudrait juste que je fasse attention en rêvant à Babylone. Je n'allais pas me laisser déborder. J'allais dominer la chose. Voilà ce que j'allais faire. J'allais montrer à Babylone qui était le chef.

L'entrée de Babylone

Ce serait peut-être mieux de vous raconter un peu comment mes histoires de Babylone ont commencé. Je venais de sortir du lycée et je cherchais ce que j'allais pouvoir faire de mon existence.

Je n'étais pas mauvais au base-ball au lycée. J'avais joué deux ans de suite dans l'équipe première et j'avais fait une moyenne fantastique en terminale, dont quatre points sensationnels ; alors j'ai décidé de tâter du base-ball comme professionnel.

J'ai fait mes essais un après-midi pour une équipe semi-professionnelle et je me suis dit que c'était le début d'une carrière qui me mènerait droit chez les New York Yankees. Je jouais première base ; alors, forcément, il faudrait que les Yankees se débarrassent de Lou Gerhig, qui jouait première base chez eux ; mais je me suis dit que le meilleur l'emporterait ; et le meilleur, bien sûr, ce serait moi.

Quand je suis arrivé au stade pour mes essais avec l'équipe, l'entraîneur a commencé par me dire : « Toi, tu ne m'as pas l'air d'une première base.

— Il ne faut pas se fier aux apparences. Regardez-moi jouer, Je suis le meilleur. »

L'entraîneur a secoué la tête.

« Un joueur de base-ball avec une dégaine comme

la tienne, je crois que j'en ai jamais vu. Tu es sûr que tu as déjà joué comme première base ?

— Donnez-moi une batte et je vais vous montrer à qui vous avez affaire.

— D'accord, a dit l'entraîneur. Mais tu n'as pas intérêt à me faire perdre mon temps. On est seconds, avec un match de retard sur les premiers. »

Je ne voyais pas ce que j'avais à voir là-dedans, mais j'ai fait comme si j'avais parfaitement compris ce que cette performance avait d'impressionnant.

« Mettez-moi première base et vous vous retrouverez en tête avec cinq parties d'avance », j'ai fait, histoire de me mettre bien avec ce fumier.

Il y avait là à peu près une douzaine de joueurs de base-ball, l'air à moitié idiot, qui se lançaient la balle en taillant le bout de gras.

L'entraîneur a fait signe à l'un d'entre eux.

« Hé, Sam, il a crié. Viens un peu là et lance quelques balles à ce type. Il se prend pour Lou Gerhig.

— Comment vous avez deviné ? j'ai dit.

— Si tu me fais perdre mon temps, je m'engage personnellement à te sortir de ce stade par la peau du cul », dit l'entraîneur.

Je voyais bien qu'on ne serait jamais copains lui et moi, mais j'allais lui montrer à ce salaud, J'allais lui faire rentrer ses mots dans la gorge avant pas tard.

J'ai ramassé une batte de base-ball et j'ai été prendre ma place. Je me sentais parfaitement sûr de moi.

Sam, le lanceur, a pris place sur la butte. Il n'avait pas l'air très impressionnant comme lanceur. Il avait à peu près vingt-cinq ans et un corps assez mince monté de façon un peu gauche sur un mètre quatre vingts de charpente. À mon sens, il ne pesait pas plus de soixante-trois kilos tout mouillé avec une boule de bowling sur les genoux.

« Et c'est ce que vous avez de mieux comme lanceur ! j'ai crié à l'entraîneur.

— Sam, a hurlé l'entraîneur. Envoie-lui-z'en une fumante à ce petit morveux ! »

Sam a souri.

Il n'était pas fait pour réussir au cinéma. Il avait une paire de dents de devant, on aurait dit le cousin germain d'un morse.

J'ai fait quelques moulinets d'échauffement. Alors, Sam a très lentement pris son élan. Il a mis un temps invraisemblable à préparer son lancer. On aurait dit un serpent qui défait ses anneaux. À aucun moment il n'a cessé de sourire.

C'est la dernière chose dont je me souvienne avant de m'être retrouvé à Babylone.

Le président Roosevelt

C'était vraiment très beau à Babylone. Je suis allé faire une longue promenade le long de l'Euphrate. Il y avait une fille avec moi. Elle était très belle et portait une robe longue à travers laquelle je pouvais voir son corps. Elle avait un collier d'émeraudes.

Nous avons parlé du président Roosevelt. Elle était démocrate, elle aussi. Le fait qu'elle ait de gros seins bien fermes et qu'elle soit démocrate faisait d'elle la femme idéale, à mes yeux.

« Je voudrais bien que le Président Roosevelt soit mon père, dit-elle d'une voix de gorge qui râpait comme du miel. Si le président Roosevelt était mon papa, je lui préparerais son petit déjeuner tous les matins. Je réussis très bien les gaufres. »

Quelle nana !

Quelle nana !

Sur les rives de l'Euphrate à Babylone.

Quelle nana !

On aurait dit que cette chanson-là passait à la radio dans ma tête.

La montre à sable babylonienne

« Comment tu les fais tes gaufres ? j'ai demandé.

— Je mets deux œufs », dit-elle ; et puis, tout d'un coup, elle a regardé sa montre. C'était une montre à sable babylonienne. Dedans, il y avait douze petits sabliers et c'était le sable qui donnait l'heure.

« Il est presque midi, dit-elle. C'est l'heure d'aller au stade. Le match commence à une heure.

— Merci, dis-je, j'avais complètement oublié l'heure. Quand tu t'es mise à parler du président Roosevelt et des gaufres, tout le reste m'est sorti de la tête. Deux œufs. Dis donc, elles ont l'air d'être fameuses tes gaufres. Il faudra que tu m'en fasses un de ces jours.

— Ce soir, mon héros, dit-elle. Ce soir. »

J'aurais bien voulu qu'on soit déjà à ce soir.

J'avais envie de gaufres et de l'entendre encore parler du président Roosevelt.

Nabuchodonosor

Lorsque nous sommes arrivés au stade, cinquante mille personnes attendaient mon arrivée. Tout le monde s'est levé et a commencé à m'acclamer en me voyant pénétrer sur le stade.

Nabuchodonosor avait dépêché trois unités de cavalerie supplémentaires au cas où mes supporters deviendraient un peu trop enthousiastes. Il y avait déjà eu un début d'émeute la veille et certaines personnes avaient été blessées, alors le vieux « Nabu » n'avait pas envie de prendre de risques pour le match d'aujourd'hui.

Les cavaliers faisaient très chic avec leurs armures.

Je crois qu'ils étaient contents d'assister au match de base-ball et de me voir faire sortir la balle du stade tellement je cognais fort. C'était quand même vachement mieux que d'aller faire la guerre.

Je suis descendu aux vestiaires, et la fille est venue avec moi. Elle s'appelait Nana-Dirat. Lorsque je suis entré dans les vestiaires, tous les joueurs qui étaient là ont interrompu leur conversation et m'ont regardé traverser la pièce en direction de ma loge particulière. Il régnait un silence absolu. Personne ne savait quoi dire. Je ne peux pas leur en vouloir. C'est vrai, qu'est-ce qu'on peut bien dire à quelqu'un qui a marqué vingt-trois points en vingt-trois coups les vingt-trois dernières fois qu'il a été batteur ?

L'équipe et moi avions depuis longtemps dépassé le stade des parlottes.

J'étais comme un dieu pour eux.

Ils venaient faire leurs dévotions à l'autel de ma batte.

La saison de base-ball de l'an 596 avant Jésus-Christ

Les murs de ma loge étaient couverts de tapisseries où mes exploits au base-ball étaient brodés en fil d'or et ornés d'une profusion de pierres précieuses.

Sur une tapisserie, on me voyait décapiter un lanceur d'un retour de balle en droite ligne. Une autre tapisserie représentait un groupe de joueurs d'une équipe adverse, debout sur le terrain, autour d'un énorme cratère entre la deuxième et la troisième base. Cette balle-là, ils ne l'ont jamais retrouvée. Une troisième tapisserie me représentait en train de recevoir une grande coupe pleine de joyaux des mains de Nabuchodonosor pour avoir terminé la saison de l'année 596 avant Jésus-Christ avec une moyenne de 9 sur 10 à la batte.

Nana-Dirat m'a déshabillé ; je me suis allongé sur une table de massage en or massif et elle m'a fait un massage d'échauffement avec de précieuses huiles exotiques. Ses mains étaient si douces qu'on aurait dit des cygnes qui faisaient l'amour par une nuit de pleine lune.

Après m'avoir massé, Nana-Dirat m'a passé mon uniforme de base-ball. Il lui a fallu cinq minutes pour me mettre l'uniforme. Elle a fait ça de manière très sensuelle. J'étais en érection quand elle a terminé de me mettre mon uniforme, et j'ai failli jouir quand elle m'a mis mes chaussures. Pour finir, elle a fait à mes crampons une douce et amoureuse caresse.

Ah, le paradis ! C'est possible, le paradis sur terre, quand on est vedette de base-ball à Babylone.

L'hôtel de la première base

« Bon, allez, espèce de trou du cul, réveille-toi. » J'ai entendu une voix me pénétrer avec un crissement dans les oreilles comme quand quelqu'un fait exprès de marcher sur les lunettes d'une vieille dame. « Tu l'as eu ton somme antirides ! Réveille-toi maintenant ! C'est pas un hôtel ici ! C'est une équipe de base-ball ! » a poursuivi la voix crissante.

J'avais l'impression d'avoir reçu un coffre-fort sur la tête.

J'ai ouvert les yeux et j'ai vu l'entraîneur et Sam, au-dessus de moi, qui me regardaient. L'entraîneur avait vraiment l'air fumasse. Sam avait un sourire de jeune chiot aux lèvres, toutes dents de devant dehors. J'étais allongé dans l'herbe à côté de la première base.

L'équipe était en train de s'entraîner à la batte. Les joueurs n'arrêtaient pas de jeter des coups d'œil dans ma direction et de faire des astuces. Tout le monde avait l'air de bien s'amuser sauf l'entraîneur et moi.

« Je savais bien qu't'étais pas joueur de base-ball, dit-il. T'as pas la tête d'un joueur de base-ball. J'suis même pas sûr qu't'aies vu une balle de base-ball de ta vie.

— Qu'est-ce qui s'est passé ? j'ai demandé.

— Écoute-moi un peu ça, Sam, dit l'entraîneur.

T'as entendu ça ? Ce p'tit con me demande ce qui s'est passé. Et toi, tu crois qu'il s'est passé quoi, eh, connard ? Réfléchis cinq minutes : imagine ce qui a bien pu se passer, et dis-moi un peu ce que tu crois qu'il s'est passé. Hein, qu'est-ce qui a bien pu se passer ? » Et puis il s'est remis à hurler : « T'en as pris une dans la gueule ! T'étais là, sans bouger, comme une espèce de demeuré et tu l'as prise dans la gueule ! T'as même pas bougé ! J'crois qu't'as même pas vu la balle ! T'es resté là, planté, comme ça, on aurait dit qu't'attendais l'autobus ! »

Alors il s'est penché, m'a attrapé par le col, et il a commencé à me faire traverser la pelouse en me traînant sur l'herbe jusqu'à la rue.

« Hé, arrêtez ! j'ai fait. Arrêtez ! Ça fait vachement mal à la tête. Qu'est-ce que vous fichez ? »

Mes paroles n'ont eu aucun effet sur lui. Il a continué à me traîner dans l'herbe. Il m'a laissé allongé sur le trottoir. Je suis resté allongé là un bon moment et, pour la première fois, je me suis dit qu'après tout je n'étais peut-être pas fait pour devenir joueur de baseball professionnel. Et puis alors j'ai pensé au rêve de Babylone que j'avais fait, et à quel point ç'avait été agréable.

Babylone… Quelle chouette endroit.

C'est comme ça que tout a commencé.

Depuis, je n'ai pas arrêté d'y retourner.

Un cow-boy à Babylone

C'est donc en recevant une balle de base-ball dans la gueule, le 20 juin 1933, que j'ai touché mon billet pour Babylone. N'importe comment, j'avais quelques heures à perdre avant d'aller au rendez-vous avec mon premier client depuis plus de trois mois ; alors après être monté à pied de la morgue à Portsmouth Square, à la lisière de Chinatown, je suis resté là, sur un banc, à regarder des Chinois traverser le parc dans tous les sens.

Ensuite, j'ai décidé de rêvasser un peu à Babylone. Tout allait bien : pistolet chargé, un peu de temps libre ; alors je suis parti pour Babylone.

Lors de mes dernières aventures à Babylone, j'avais monté une grosse agence de détectives privés. J'étais le privé le plus célèbre de Babylone. J'avais un bureau à côté des Jardins Suspendus. Il y avait trois détectives très doués qui travaillaient pour moi et ma secrétaire était d'une beauté renversante. Superbe nana : Nana-Dirat. Elle faisait maintenant partie de mes aventures à Babylone à titre permanent. C'était la comparse féminine idéale pour tout ce que j'avais à y faire.

Lorsque j'étais cow-boy à Babylone, l'institutrice qui se fait enlever par les méchants, c'était elle, et moi j'allais à son secours. On s'est presque mariés cette fois-là, mais il s'est passé quelque chose et, finalement, on n'a pas pu.

Pendant ma carrière militaire, lorsque j'étais général à Babylone, elle était infirmière : elle s'est occupée de moi jusqu'à ce que je sois remis des blessures atroces que j'avais reçues à la bataille. Elle m'a posé des compresses fraîches sur le visage tout le temps que j'ai été allongé à délirer dans mes souffrances pendant les longues et chaudes nuits de Babylone.

Je n'arrivais pas à me lasser de Nana-Dirat.

Elle m'attendait toujours à Babylone.

Elle, la femme aux longs cheveux noirs, au corps de liane, dont les seins me mettaient les sens en feu. Rendez-vous compte : je ne l'aurais jamais rencontrée si je n'avais pas pris une balle de base-ball dans la gueule.

Terry et les Pirates

Parfois, je m'amusais à imaginer quelle forme mes aventures à Babylone pourraient prendre. Il y avait moyen d'en faire des livres, que j'arrivais à lire dans ma tête ; mais, la plupart du temps, c'était des films qu'on en faisait ; remarquez, une fois, j'en ai tiré une pièce dans laquelle je jouais le rôle d'un Hamlet babylonien et où Nana-Dirat, elle, faisait à la fois Gertrude et Ophélie. J'ai abandonné la pièce à la moitié du deuxième acte. Un jour, il va falloir que je la reprenne où je l'ai laissée. Elle se terminera différemment de celle de Shakespeare. Mon *Hamlet* à moi finira bien.

Nana-Dirat et moi nous envolerons dans un avion que j'aurai inventé, fait de feuilles de palmier et propulsé par un moteur fonctionnant au miel. Nous irons en Égypte par avion souper avec le Pharaon sur une grande barque dorée qui descendra le Nil.

Oui, il va falloir que je la reprenne celle-là, un de ces jours.

J'avais également donné à une demi-douzaine d'aventures à Babylone la forme de bandes dessinées. C'était amusant comme tout de les faire comme ça. J'avais pris pour modèle le genre *Terry et les Pirates*. Nana-Dirat était formidable en personnage de bande dessinée.

Je venais de terminer une énigme policière en feuilleton, comme ces petits romans qui paraissent dans des revues de détective style *Police-Hebdo*. En lisant le roman paragraphe après paragraphe, page après page, je traduisais les mots en images que j'arrivais à visualiser et à faire défiler à toute vitesse dans ma tête comme quand on fait un rêve.

Tout s'éclaircissait au moment où je cassais le bras du valet de chambre qui essayait de me poignarder avec le couteau qui lui avait justement servi à assassiner la vieille douairière, une cliente qui m'avait engagé pour que j'enquête sur une histoire de tableaux volés.

« Tu vois », disais-je en me tournant d'un air triomphant vers Nana-Dirat, alors que ce misérable assassin se tordait de douleur sur le plancher et commençait ainsi de payer pour une vie entièrement vouée à la cambriole, à la trahison et au meurtre, « c'est bien le valet de chambre qui est le coupable ! »

« Ohhhhhhhhh ! » : gémissement du valet de chambre sur le plancher.

Et moi, à Nana-Dirat : « Tu ne voulais pas me croire. Tu disais que ça ne pouvait pas être le valet de chambre ; mais je savais bien, moi ; et maintenant ce porc va payer pour ses crimes. »

Là, je lui donnais un bon coup de pied dans le ventre. Résultat : il cessait d'accorder toute son attention au mal que lui faisait son bras et se mettait à penser à son ventre.

Je n'étais pas seulement le détective le plus célèbre de Babylone ; j'étais aussi le plus implacable, un vrai cœur de pierre. Je n'aimais pas beaucoup les gens qui enfreignaient la loi et il m'arrivait d'être avec eux d'une brutalité extrême.

« Mon chéri, dit Nana-Dirat. Tu es un être tellement merveilleux ; mais, dis-moi, étais-tu vraiment obligé de lui donner un coup de pied dans le ventre ?

— Oui », dis-je.

Nana-Dirat m'a jeté les bras autour du cou et a serré son merveilleux corps tout contre le mien. Puis elle a plongé son regard dans mes yeux froids comme l'acier et m'a souri. « Bah, que veux-tu, dit-elle, personne n'est parfait, dis ma grosse loche ? »

Le valet de chambre : « Pitié ! »

Affaire classée !

L'impitoyable Ming

Assis là, sur mon banc, pendant que les États-Unis entamaient leur guerre contre le Japon, l'Allemagne et l'Italie, j'ai décidé de donner à ma prochaine aventure de privé à Babylone la forme d'un feuilleton divisé en quinze épisodes.

Le héros, bien sûr, ce serait moi, et l'héroïne Nana-Dirat, ma fidèle et aimante secrétaire. J'ai décidé d'emprunter l'impitoyable Ming à *Flash Gordon* pour jouer le rôle du méchant.

Il fallait que je lui donne un autre nom et que je modifie légèrement sa personnalité en fonction de mes besoins. Rien de bien difficile à ça. À dire vrai, ce serait un plaisir extraordinaire. J'avais ces huit dernières années passé très agréablement une partie de mon temps à inventer des situations et des personnages pour Babylone, de façon malheureusement dommageable au déroulement de ma véritable existence, déjà pas très brillante.

Je préfère de loin me trouver dans l'antique Babylone, plutôt qu'au XXe siècle à essayer de rassembler vingt-cinq cents pour me payer un hamburger. Et puis j'aime Nana-Dirat plus que toutes les femmes que j'ai pu connaître en chair et en os.

D'abord, que faire de l'impitoyable Ming ? Lui

donner un autre nom. C'était la première chose à faire. Dans mon feuilleton, il allait devenir le Dr Abdul Forsythe, connu de tous pour être l'un des hommes les plus aimables et les plus généreux de Babylone, mais qui avait installé en secret un laboratoire sous la clinique où il dispensait aux pauvres des soins médicaux gratuits. Dans ce laboratoire, il mettait au point un puissant rayon maléfique avec lequel il allait conquérir le monde.

Ce rayon changeait les gens en ombres-robots totalement soumises à la volonté du Dr Forsythe et destinées, le moment venu, à accomplir sa sale besogne au moindre signe de sa part.

Son projet consistait à produire de la nuit artificielle en réunissant toutes ses ombres-robots ; pendant la vraie nuit, cette nuit-là se déplacerait de ville en ville pour soumettre les citoyens qui ne s'y attendaient pas et les transformer à leur tour en ombres-robots.

C'était un plan ingénieux et il avait déjà réussi à transformer en ombres-robots des milliers de nécessiteux innocents et sans défense venus à la clinique solliciter une assistance médicale gratuite.

Ils venaient chercher secours auprès du Dr Forsythe, puis ils disparaissaient de la surface de la terre. Comme ils étaient pauvres, c'est à peine si l'on remarquait leur absence à Babylone. Parfois, des parents ou des amis passaient à la clinique pour essayer de découvrir la raison de leur disparition. Souvent, eux aussi disparaissaient.

Ah, le monstre !

Il ne lui manquait plus qu'un seul ingrédient pour pouvoir mettre son projet en œuvre. Après les avoir transformés en ombres-robots, il les empilait comme de vieux journaux dans un entrepôt clandestin tout proche, en attendant le jour où il pourrait les lâcher sur le monde sous forme de nuit artificielle.

Le magicien

Skuzéding. Skuzédong.

J'ai entendu au loin un bruit qui venait vers moi, mais je n'ai pas compris ce que c'était.

« Excusez-moi. Excusez-moi. »

Le bruit en question, c'était des mots.

Babylone est tombée sur le flanc et elle est restée allongée là, inerte.

« Excusez-moi. Vous ne seriez pas C. Card ? »

J'ai levé les yeux et je suis complètement revenu dans le monde soi-disant réel. La voix appartenait à un vieux compagnon d'armes du temps de la Guerre Civile espagnole. Cela faisait des années que je ne l'avais pas vu.

« Ah, ben ça alors ! dis-je. Sam Herschberger. Nos nuits à Madrid, tu te rappelles ? C'était le bon temps. »

Je me suis levé et nous nous sommes serré la main. Il a fallu que je lui serre la gauche vu que sa droite n'était plus là. Je me suis rappelé le jour où il se l'était fait sauter. Pour lui ça n'avait pas été une journée épatante vu que de son métier il était jongleur et magicien. Quand il a vu sa main arrachée, par terre, à côté de lui, tout ce qu'il a trouvé à dire ç'a été : « Eh bien voilà un tour que je ne suis pas prêt de pouvoir recommencer. »

« On t'aurait dit à des millions de kilomètres d'ici, disait-il maintenant, des années plus tard, à San Francisco.

— J'étais seulement en train de rêvasser, dis-je.

— Comme dans le bon vieux temps, dit-il. Je crois bien que quand on était en Espagne, la moitié du temps tu n'étais même pas là. »

J'ai décidé de changer de sujet.

« Et alors qu'est-ce que tu fais maintenant ? j'ai dit.

— Oh ! j'ai à peu près autant de boulot que les autres jongleurs et magiciens manchots.

— Pas formidable, hein ?

— Faut pas que je me plaigne. J'ai épousé une femme qui possède un salon de beauté et elle, les gens à qui il manque des membres, ça lui fait des trucs. Il y a des fois où elle me laisse entendre que si je n'avais qu'une jambe je serais deux fois plus sexy ; enfin, c'est la vie. Vaut mieux ça que d'avoir à travailler pour gagner sa croûte.

— Et le Parti ? j'ai dit. Je croyais qu'ils t'adoraient.

— Ils m'adoraient quand j'avais deux bras, oui, dit-il. Mais je pouvais pas leur servir à grand-chose avec un seul. Ils me faisaient faire mon numéro histoire d'attirer les ouvriers agricoles qu'ils voulaient recruter dans la vallée. Ils se rassemblaient autour de moi pour me regarder jongler et faire des tours et puis, dans la foulée, on leur racontait Karl Marx et que la Russie soviétique il n'y avait que ça de vrai, et Lénine, et tout ça. Enfin, ça fait un moment. Il faut pas moisir au même endroit. Sinon, on finit par prendre racine. Et toi ? Qu'est-ce que tu as fait de beau ? La dernière fois que je t'ai vu, tu avais deux trous de balle dans le cul et tu voulais devenir docteur. D'ailleurs, comment tu t'es débrouillé pour te faire tirer dans le cul ? Si je me souviens bien, les fascistes étaient sur notre flanc gauche, il n'y avait personne derrière nous et tu te trouvais dans une tranchée. D'où elles sont venues les balles ? Je n'ai jamais réussi à comprendre ça. »

Je n'allais tout de même pas lui dire que j'avais glissé pendant que j'étais en train de chier, que je m'étais assis sur mon pistolet, que le coup était parti et m'avait fait deux trous dans le cul en me traversant les fesses.

« Il a coulé de l'eau sous le pont, j'ai dit. Rien que d'y penser, ça me fait mal.

— Je vois très bien ce que tu veux dire, dit-il en baissant les yeux vers l'endroit où sa main se trouvait avant.

— Mais alors, finalement, tu es devenu docteur ?

— Non, dis-je. Ça n'a pas marché comme j'avais prévu.

— Alors, qu'est-ce que tu fais ?

— Je suis privé.

— Privé ? »

Barcelone

La dernière fois que j'avais vu Sam, c'était à Barcelone, en 38. C'était un jongleur et un magicien de première. C'était moche, le coup de son bras ; mais j'avais comme dans l'idée qu'il tirait un maximum de son absence. Faut bien se débrouiller avec ce qu'on a.

Nous avons échangé quelques souvenirs de la Guerre Civile espagnole et puis je lui ai tapé cinq dollars. Je fais de mon mieux pour ne pas rater une occasion.

« Au fait, dis-je. Est-ce que tu m'as jamais remboursé le billet de cinq que tu m'avais emprunté à Barcelone ?

— Quel billet de cinq ? dit-il.

— Tu ne te rappelles pas ? dis-je.

— Non, dit-il.

— Bon, alors ça ne fait rien, dis-je. C'est pas bien grave. » Et puis j'ai commencé à changer de sujet…

« Non, attends une seconde », dit-il. Il avait toujours été d'une honnêteté dépourvue de scrupules. « Je ne me rappelle pas t'avoir emprunté cinq dollars. C'était quand ?

— À Barcelone. Une semaine avant qu'on ne parte ; mais laisse tomber. Ça ne fait rien. Si tu ne te rappelles pas, je veux pas remettre ça sur le tapis. C'est du passé tout ça. Laisse tomber. » Et je me suis remis à changer de conversation.

Quelques instants plus tard, après m'avoir donné les cinq dollars, il a remonté Washington Street en faisant une drôle de tête, et il est sorti de ma vie.

La brigade Abraham Lincoln

La Guerre Civile espagnole était loin, mais j'étais bien content qu'elle m'ait rapporté cinq dollars des années après. Je n'avais pas de convictions politiques très affirmées. Ce n'était pas pour cela que je m'étais enrôlé dans la Brigade Abraham Lincoln. J'étais allé en Espagne parce que je croyais que ça allait peut-être ressembler à Babylone. Je ne sais plus où j'avais déniché cette idée-là. Il me vient des tas d'idées dès qu'il s'agit de Babylone. Il y en a qui rapportent et d'autres qui ne valent pas un clou. L'ennui, c'est qu'il est difficile de les distinguer, mais ça finit toujours par s'équilibrer. Du moins, c'est ce qu'il me semble quand je rêve à Babylone.

À ce moment-là, je me suis rappelé que je n'avais toujours pas donné ce coup de téléphone ; mais pendant quelques secondes, je ne me suis plus rappelé si c'était Babylone ou bien ma mère dans le Quartier de la Mission qu'il fallait que j'appelle.

C'était ma mère.

J'avais promis de l'appeler et je savais qu'elle m'en voudrait si je ne l'appelais pas bientôt, bien qu'on n'ait vraiment rien à se dire puisqu'on ne peut pas s'encadrer et qu'on se dispute toujours à propos des mêmes choses.

Ça ne lui plaît pas que je sois privé.

Oui, il valait mieux que je téléphone à Maman. Elle serait encore plus furieuse que d'habitude si je ne l'appelais pas aujourd'hui. Je n'avais vraiment aucune envie de le faire, mais si je ne le faisais pas, ça serait ma fête. Je l'appelle une fois par semaine et nous avons toujours la même conversation. Je ne crois même pas que nous nous donnions la peine d'employer des mots différents à chaque fois. Je crois qu'on se sert tout le temps des mêmes mots.

Ça se passe exactement comme ça :

« Allô ? dit ma mère en répondant au téléphone.

— Salut, m'man. C'est moi.

— Allô ? Qui est à l'appareil ? Allô ?

— *M'man.*

— Ce n'est tout de même pas mon fils qui appelle. Allô ?

— *M'man*, et là je geins.

— On dirait que c'est mon fils, dit-elle toujours. Mais il n'aurait pas le toupet de téléphoner s'il était toujours détective privé. Il n'aurait quand même pas ce culot. Il a encore un peu d'amour-propre. Si c'est mon fils, c'est sûrement qu'il a laissé tomber ses histoires de privé, qu'il s'est trouvé un emploi correct. C'est un bon travailleur qui peut marcher la tête haute à l'heure qu'il est, un gentil p'tit gars qui veut rembourser les huit cents dollars qu'il doit à sa mère. »

Alors, quand elle a fini de parler, il y a toujours une pause assez longue et puis je lui dis : « C'est ton fils et je suis toujours détective privé. Je suis sur une affaire. Je vais bientôt te rembourser une partie de ce que je te dois. »

Je lui dis toujours que je suis sur une affaire, même quand ce n'est pas vrai. Ça fait partie du numéro.

« Tu as brisé le cœur de ta pauvre mère », dit-elle alors, et moi je réponds : « Dis pas ça, m'man, tout ça parce que je suis détective privé. Je t'aime beaucoup, tu sais.

— Et mes huit cents dollars, dit-elle. Ce n'est pas l'amour de mon fils qui va me payer un litre de lait ou une miche de pain. Enfin, quoi, tu te prends pour qui ? À me briser le cœur comme ça. À jamais avoir un emploi correct. À me devoir huit cents dollars. Ça ne se marie jamais. Pas de petits-enfants. Qu'est-ce que je vais faire, moi ? Pourquoi a-t-il fallu que je me retrouve avec un fils qui n'est qu'un crétin ?

— M'man, dis pas des trucs comme ça. » Je connais ma réplique et je geins au moment qu'il faut. En geignant comme ça, dans le temps, j'arrivais à décrocher un billet de cinq ou de dix ; mais ces temps-ci : rien, rien de rien. Je ne fais que geindre, mais si je ne l'appelle pas, c'est encore pire, alors je lui téléphone parce que je n'ai pas envie que ça se passe encore plus mal que ça ne se passe.

Mon père est mort voilà des années.

Ma mère ne s'en est toujours pas remise.

« Ton pauvre père », dit-elle ; et puis elle se met à pleurer : « C'est ta faute si je suis veuve. »

Ma mère me rend responsable de la mort de mon père et c'est vrai, d'une certaine façon, même si à l'époque je n'avais que quatre ans. Elle revient toujours là-dessus au téléphone. « Galopin ! hurle-t-elle. Méchant galopin ! » Et moi je geins : « M'man ! »

Alors elle s'arrête de pleurer et elle fait : « J'ai tort de t'en vouloir. Tu n'avais que quatre ans à ce moment-là. Ce n'est pas ta faute. Mais pourquoi fallait-il que tu jettes ta balle dans la rue ? Pourquoi ne pas t'être contenté de la faire rebondir sur le trottoir comme tous les autres enfants qui ont encore leur père ?

— Tu sais bien que je suis désolé, m'man.

— Je sais que tu es désolé, fiston, mais pourquoi es-tu détective privé ? C'est affreux, toutes ces revues et tous ces livres. C'est vraiment sordide. Ces grandes ombres noires que les gens traînent sur les couvertures, moi, je n'aime pas ça, ça me fait peur.

— Mais c'est pas pour de vrai, m'man », je dis toujours, et elle répond : « Alors pourquoi on les vend dans les kiosques où n'importe qui peut les voir et les acheter, hein ? réponds un peu à ça, Monsieur Je-Sais-Tout. Allez, réponds, Monsieur le Privé. Vas-y. Chiche. Allez ! Allez ! C'est ta mère qui te parle. »

Je ne connais pas la réponse.

Je ne peux pas dire à ma mère que les gens ont envie de lire des histoires de gens qui traînent de grandes ombres noires menaçantes. Elle ne comprendrait pas. C'est pas du tout comme ça qu'elle raisonne.

Elle met un terme à la conversation en disant : « Fiston… » Longue pause. « Pourquoi détective privé ? »

Cela faisait six mois que nous avions toujours la même conversation.

Évidemment : moi aussi je préférerais avoir encore de l'argent, ne pas avoir tout dépensé à essayer de devenir détective privé, ni avoir emprunté des sommes pareilles à ma mère et à tous mes amis.

Enfin, bref : de toute façon, aujourd'hui, ma chance allait tourner.

J'avais un client et des balles pour mon pistolet.

Tout finirait pour le mieux.

C'est ce qui compte.

Ce serait un tournant.

J'aurais des tas de clients, je rembourserais toutes mes dettes, j'aurais un bureau, une secrétaire et une voiture, comme avant ; mais ce coup-ci ce serait une secrétaire que je pourrais baiser à m'en décrocher les oreilles. Après ça, je partirais en vacances au Mexique, et je resterais sur la plage, sans bouger, à rêver de Babylone. Nana-Dirat serait juste à côté de moi, belle comme tout dans son maillot de bain.

Parfait.

Mais il valait mieux que je téléphone à ma mère.

Beaucoup aimer Oncle Sam

Je suis entré dans un bar pas loin, dans Kearny Street, pour téléphoner de leur cabine. L'endroit était désert, à l'exception du barman et d'une grosse dame en train de téléphoner. Elle ne parlait pas. Elle était juste là, debout dans la cabine, à faire oui de la tête à une personne qui se trouvait à l'autre bout du fil.

J'ai décidé de boire une bière en vitesse sur mon billet de cinq dollars tout neuf en attendant qu'elle termine sa communication. Je me suis assis sur un tabouret et le barman est venu vers moi de l'autre côté du bar. Il avait l'air tellement banal qu'il était pratiquement invisible.

« Ce sera quoi ? dit-il.

— Une bière, c'est tout, j'ai dit.

— Feriez mieux de la boire en vitesse, dit le barman. Les Japonais seront peut-être ici avant la nuit. » Il a dû trouver ça très drôle : il s'est mis à rire de bon cœur de son « astuce ».

« Les Japonais adorent la bière, dit-il, en continuant à rire. Dès qu'ils seront arrivés, ils vont boire jusqu'à la dernière goutte toute celle qu'il y a en Californie. »

J'ai regardé la grosse dame qui hochait la tête de haut en bas comme un canard. On aurait dit qu'elle venait d'entamer sa conversation téléphonique et qu'elle en avait encore pour des années.

« Annulez la bière », j'ai dit au barman. Je me suis levé de mon tabouret et j'ai pris la direction de la sortie. Ça faisait des semaines que je n'avais pas bu de bière et je n'avais pas envie qu'un barman complètement timbré vienne me gâcher mon plaisir.

J'ai l'impression qu'il avait quelques cases de vides dans la tête. Pas étonnant que son bar soit désert, à part la grosse dame en train de se mettre à la colle avec son taxiphone.

Je vous déclare maintenant téléphone et femme.

« Jusqu'à la dernière goutte », dit le barman en riant alors que je passais la porte pour ressortir dans Kearny Street ; j'ai presque renversé un Chinois en sortant. Il passait dans la rue et en sortant je lui suis pratiquement rentré dedans. Nous avons eu peur tous les deux, mais il a eu plus peur que moi.

Il avait un paquet sous le bras quand nous sommes entrés en collision. Il a jonglé quelques secondes avec et il a réussi à le rattraper avant qu'il ne tombe sur le trottoir. L'incident l'a beaucoup remué.

« Moi pas Japonais » ; il s'est tourné vers moi en se hâtant de poursuivre son chemin : « Amélicain d'oligine chinoise. Beaucoup aimer dlapeau. Beaucoup aimer Oncle Sam. Pas d'ennuis. Moi Chinois. Moi pas Japonais. Tlès loyal. Moi payer impôts. Moi pas fout'le nez dans oignons des autles. »

L'autobus-trône

Les choses commençaient à être un peu trop compliquées. Je ferais mieux d'appeler ma mère plus tard quand les choses seraient redevenues un peu plus simples. Je ne voulais pas forcer ma chance pendant que j'étais en veine : j'ai décidé de rentrer chez moi prendre une douche avant d'aller à mon rendez-vous.

Peut-être que j'avais encore une chemise qui faisait à peu près propre dans mon placard. Je voulais présenter le mieux possible pour mon client. Même que j'allais me laver les dents.

J'ai descendu Kearny Street jusqu'à Sacramento Street ; là, j'ai attendu l'autobus qui remonte Sacramento pour rentrer chez moi à Nob Hill. Je n'ai pas eu à attendre longtemps. L'autobus n'était qu'à quelques arrêts de là et remontait Sacramento en direction de ma station.

Vous voyez : la chance était avec moi.

À mon avis, la chance, c'est comme la marée. Quand ça monte, ça monte.

J'étais décidé à profiter au maximum du luxe que constituait ce parcours en autobus. Cela faisait des semaines que je cavalais à pinces dans San Francisco. Je n'avais jamais été aussi pauvre ; mais la dèche, c'était fini.

Je suis monté dans l'autobus, j'ai payé mes cinq cents et je me suis assis, comme un roi tout content de son trône tout neuf. J'ai poussé un soupir de plaisir quand le bus a commencé de grimper Sacramento. J'ai dû soupirer un peu trop fort parce qu'une jeune femme qui était assise les jambes croisées sur le siège en face du mien a décroisé les jambes et a tourné la tête de l'autre côté d'un air gêné.

Je parie qu'elle, elle en avait tout le temps eu un, de siège d'autobus. Si ça se trouve, même, elle y était née, dans l'autobus : on lui avait donné un abonnement à vie et, à sa mort, son cercueil, c'est dans un autobus qu'il irait au cimetière. Évidemment, il serait peint en noir et les sièges seraient couverts de fleurs : on dirait des passagers dingues.

Il y a des gens qui ne se rendent pas compte de la veine qu'ils ont.

Les tambours de Fu Manchu

Le petit moment qu'il a fallu à l'autobus pour remonter la colline m'a permis de penser un peu à mon feuilleton policier à Babylone. Je me suis installé confortablement et Babylone m'a envahi l'esprit, comme du sirop d'érable chaud qu'on verse sur des crêpes brûlantes.

… Hmmmmmmmmmmmmmmm, c'est bon.

… Hmmmmmmmmmmmmmmm, Babylone. Il me fallait un titre pour mon feuilleton.

Comment l'intituler ?

Voyons voir.

Alors j'ai réfléchi aux titres de feuilletons que j'avais vus ces dernières années. Je suis vraiment un passionné de cinéma.

Mandrake le Magicien

Quand rôde le Fantôme

Les Aventures du capitaine Marvel

Le Mystérieux Dr Satan

L'Ombre

Les Tambours de Fu Manchu

et *La Griffe de Fer.*

Ces titres-là étaient tous bien et pour mon feuilleton, il fallait que j'en trouve un qui les vaille. Pendant que le bus montait vers Nob Hill, s'arrêtait à tous les arrêts, laissait monter et descendre des voyageurs, j'ai passé en revue cent titres dans ma tête. Les meilleurs que j'aie trouvés c'était :

L'Horreur du Dr Abdul Forsythe

Les Aventures d'un privé à Babylone

Quand rôdent les Ombre-Robots.

Pas de doute : ça allait être marrant. J'avais le choix entre des quantités de possibilités ; mais il fallait que je fasse attention à ne pas me laisser emballer. Même en essayant de bien maîtriser ma Babylone, j'ai laissé passer deux arrêts après ma station et il a fallu que je refasse le trajet à pied dans l'autre sens.

Il fallait que je me surveille de très près, surtout dans la mesure où j'avais un client, pour ne pas me laisser de nouveau déborder par Babylone.

La tombe du vendredi

J'ai aperçu un taxiphone.

Il valait peut-être mieux que j'appelle ma mère tout de suite pour être débarrassé. Plus tôt je l'appellerais, plus tôt je n'aurais pas à la rappeler. Ce serait fait pour la semaine.

J'ai mis cinq cents dans la fente et j'ai composé le numéro.

J'ai laissé sonner dix fois avant de raccrocher.

Je me suis demandé où elle était.

Et puis je me suis rappelé qu'on était vendredi et qu'elle était allée porter des fleurs au cimetière sur la tombe de mon père. Elle le faisait tous les vendredis. Chez elle, c'était un rituel : qu'il pleuve ou qu'il vente, elle allait sur sa tombe tous les vendredis.

Peut-être que ce n'était pas le bon jour pour lui téléphoner.

Ça ne ferait que lui rappeler que je l'avais tué quand j'avais quatre ans.

Non : il valait mieux que je l'appelle demain.

Ce serait plus intelligent.

J'ai commencé à penser au jour où j'avais tué mon père. J'ai remonté dans mes souvenirs jusqu'au moment où je me suis rappelé que c'était un dimanche, qu'il faisait très doux, qu'il y avait un cabriolet modèle T tout neuf garé dans la rue en face de chez nous et que je m'en étais approché quelques instants plus tôt, pour sentir comme la voiture était neuve. J'étais gosse à l'époque et je suis allé tout droit à la voiture : j'ai mis mon nez en plein sur l'aile et j'ai reniflé un bon coup.

Je trouve que la meilleure odeur du monde, c'est celle des choses toutes neuves : vêtements, meubles, postes de radio ou voitures, et même appareils ménagers du genre grille-pain ou fer électrique. Je trouve que tout ça sent bon quand c'est tout neuf.

Bon. Enfin. J'étais en train de me rappeler le matin où j'avais tué mon père. J'en étais arrivé au moment où j'avais le nez sur l'aile d'un modèle T tout neuf quand tout à coup j'ai changé le cours de mes idées. Je n'avais pas envie de penser à quand j'avais tué mon père, alors j'ai simplement changé de conversation dans ma tête.

Je ne pouvais pas penser à Babylone non plus, parce que ça risquait de tout flanquer par terre : j'ai pensé à mon client.

C'était qui mon client ?

À quoi ressemblait-il ?

Qu'est-ce qu'il voulait que je fasse ?

Pourquoi fallait-il que j'aie un pistolet ?

Est-ce qu'on allait me demander de faire quelque chose d'illégal ?

Si on me le demandait, naturellement je le ferais, sauf s'il fallait tuer quelqu'un. À cheval donné on ne regarde pas les dents. Quand on est embarqué, il faut bien ramer ; en tout cas je n'allais tuer personne. C'était la seule chose que je refuserais de faire. J'étais vraiment désespéré. J'avais besoin de ce putain de fric.

Je ne savais pas si mon client était un homme ou une femme. Tout ce que je savais, c'était que j'avais rendez-vous avec quelqu'un devant une station de radio à six heures. Eux savaient déjà à quoi je ressemblais, comme ça ce n'était pas la peine que je sache à quoi ils ressemblaient eux. Tout cela n'avait de sens qu'à condition d'être aussi fauché que je l'étais ; et à mes yeux, tout cela était très clair.

Smith

De penser comme ça que je ne connaissais ni le nom ni le sexe de mon client, je ne sais pas pourquoi ça m'a ramené à Babylone et à mon feuilleton.

Il y a des fois où Babylone arrive comme ça, sans raison.

Pourquoi est-ce que j'essayais de trouver un titre pour le feuilleton alors que je n'avais même pas encore trouvé de noms à mes principaux personnages ? Bien sûr, j'avais un nom pour le méchant : le Dr Abdul Forsythe ; mais je n'avais même pas trouvé de nom pour moi.

Bon sang, où avais-je la calebasse ? Fallait vraiment que je me trouve un nom : j'en aurais peut-être besoin pour le titre.

Dans le roman policier sur Babylone que je venais de finir de vivre, j'avais pris le nom de Champion le Balèze, mais je n'avais pas envie d'avoir le même nom pour mes aventures à Babylone. J'aimais bien changer de nom. Par exemple, quand j'étais vedette de base-ball à Babylone, je m'étais appelé Samson Ruth ; mais ça suffisait comme ça. J'avais besoin d'un nouveau nom pour mon personnage dans le feuilleton.

J'ai essayé quelques noms en refaisant à pied les

deux stations qui me séparaient de l'arrêt où j'avais prévu de descendre. Smith, j'aime bien ce nom.

Je ne sais pas pourquoi, mais j'ai toujours aimé ce nom-là. Il y a des gens qui trouvent ça banal.

Moi pas.

Smith…

J'ai essayé différentes combinaisons avec Smith dans ma tête :

Errol Smith

Cary Smith

Humphrey Smith

George Smith (comme pour Raft)

Wallace Smith

Pancho Smith

Lee Smith

Morgan Smith

Smith « La Canonnière »

Smith « Le Rouge »

Carter Smith

Rex Smith

Cody Smith

Flint Smith

Terry Smith

Smith « Le Rigolard »

Major Smith (celui-là, j'aimais bien)

« Oklahoma Jimmy » Smith

F.D.R. Smith

Il y a vraiment des tas de possibilités à partir du nom Smith.

Il y avait des noms bien dans le tas, mais jusque-là je n'en avais pas trouvé qui convînt parfaitement et je n'étais pas disposé à me satisfaire d'un Smith qui ne colle pas exactement à ce que je voulais.

Je ne vois d'ailleurs pas pourquoi j'aurais dû.

Lobotomie

Ah, merde !

J'ai dépassé mon arrêt de deux cents mètres dans l'autre sens et loupé la rue où j'habitais, en réfléchissant à la façon dont je pourrais utiliser le nom de Smith pour mon privé à Babylone ; il a fallu que je fasse demi-tour et que je refasse le chemin à pied ; du coup, je me suis senti complètement idiot parce que je ne pouvais pas me permettre de faire des choses pareilles à quelques heures d'aller rencontrer mon premier client depuis des mois.

Il y a des fois où je risque gros en pensant à Babylone.

Fallait que je fasse gaffe à mes fesses.

J'ai redescendu Sacramento Street en faisant très attention de ne pas penser à Babylone. En marchant, j'ai fait comme si je venais de subir une lobotomie préfrontale.

Les laitiers

Ayant atteint Leavenworth Street et parcouru à pied la moitié du pâté de maisons qui me séparait de l'immeuble pourri où je vivais, je me suis senti tout triomphant : je n'avais pas pensé à Babylone une seule fois.

La fourgonnette de la morgue était garée en face de l'immeuble. Quelqu'un de la maison était mort. J'ai essayé de m'imaginer quel locataire avait bien pu mourir, mais je ne suis pas arrivé à m'imaginer quelqu'un de mort à cet endroit-là. Je ne voyais pas pourquoi quelqu'un se serait donné le mal de casser sa pipe alors que payer un loyer là-dedans revenait un peu au même.

Vous pensez si j'allais avoir une surprise en apprenant qui c'était.

La fourgonnette de la morgue était une camionnette Mack modifiée avec assez de place pour y loger à l'aise quatre ex-contribuables tout frais défunts.

J'ai monté les marches, ouvert la porte d'entrée et pénétré dans le vestibule sombre et moisi de l'immeuble que d'aucuns nomment leur domicile et que moi j'appelle de la merde.

Bien que mes négociations de loyer avec ma propriétaire se soient tassées, malgré moi j'ai regardé dans l'escalier histoire de jeter un coup d'œil à son appartement, au premier étage. La porte était ouverte et deux employés de la morgue étaient en train de sortir son cadavre. Il était allongé sur une civière et recouvert d'un drap. Il y avait plusieurs locataires agglutinés autour de la porte. Ils jouaient leur rôle comme des pleureurs amateurs qu'on aurait engagés cinq minutes avant.

Je suis resté debout en bas, au pied de l'escalier, et j'ai regardé les employés descendre son corps. Ils ont fait ça très doucement, presque sans effort, comme de l'huile d'olive qui sort d'une bouteille.

Ils n'ont rien dit en descendant les marches. Je connaissais des tas d'employés à la morgue, mais je ne connaissais pas ces gars-là.

Les locataires pleureurs faisaient un tout petit attroupement en haut des escaliers, à murmurer et à pleurer comme des amateurs. Ils ne faisaient pas ça très bien. Évidemment : comment voulez-vous faire un pleureur correct avec une propriétaire défunte au caractère épouvantable qui, de son vivant, reluquait toutes vos allées et venues ? Elle avait la sale habitude de regarder par une fissure à travers la porte de son logement et d'épier tous les gens qui entraient et sortaient de l'immeuble. Elle avait l'ouïe invraisemblablement fine. J'ai dans l'idée qu'il y avait une chauve-souris perchée dans son arbre généalogique.

Enfin, pour elle, c'était fini tout ça.

Elle partait chez mon ami à la guibolle en bois qui allait bientôt la mettre sur un lit de glace. Je me suis demandé s'il allait faire un peu de tourisme sur son corps nu. Non, réflexion faite, je ne pensais pas. Elle était trop vieille et elle avait mangé trop de beignets rassis. Elle n'arrivait pas à la cheville de la prostituée qui tenait compagnie à mon pote, celle qui s'était fait ouvrir avec un coupe-papier.

Pendant quelques instants, j'ai vu son corps mort dans ma tête. Elle était vraiment bien balancée. Et puis j'ai pensé à la belle blonde que j'avais croisée à sa sortie de la morgue, en me disant que, d'un côté, elle pleurait quand je l'avais vue, mais que, de l'autre, elle avait fait semblant d'être très détachée et distante devant Pilon quand elle avait regardé le corps de la putain morte. Cet enchaînement d'idées m'a refait entrevoir en un éclair son chauffeur qui m'avait souri au moment où ils avaient redémarré pour remonter la rue, presque comme s'il m'avait reconnu, comme si nous étions de vieux amis qui n'avaient pas le temps de causer à ce moment-là mais qui allaient bientôt se revoir.

Mentalement, j'en suis revenu à ce qui se passait pour le moment, c'est-à-dire que je me suis remis à regarder les employés finir de faire descendre l'escalier au corps de la propriétaire morte. Pas de doute, ils savaient s'y prendre. Naturellement, c'était leur métier ; mais je leur ai quand même tiré mon chapeau. Je suis convaincu qu'on peut tout faire de façon artistique et ils étaient en train de confirmer ma théorie en déplaçant la carcasse de ce vieux tas comme si ç'avait été un ange, ou, du moins, une milliardaire.

« La propriétaire ? » j'ai demandé quand ils sont arrivés au bas des marches. Je me suis senti très détective privé en disant ça. J'aime bien garder la forme.

« Ouais, a dit l'un d'entre eux.

— De quoi ? j'ai fait.

— Le palpitant », a dit l'autre.

Les pleureurs amateurs sont descendus à leur tour et ont regardé les employés qui finissaient de la sortir du bâtiment sur le chariot. Ils ont fait glisser son corps à l'arrière de la fourgonnette de la morgue. Il y avait déjà un autre cadavre dedans ; ça lui ferait un peu de compagnie pour descendre en ville, sur le chemin de la morgue. Je suppose que c'est mieux que d'y aller tout seul.

Les employés ont refermé les portes sur elle et sa nouvelle amie. Ils ont fait tranquillement le tour et ils sont montés devant. Ils se comportaient de façon très détachée, l'air très dégagé. Ils avaient à peu près la même attitude envers les cadavres qu'un laitier envers ses bouteilles vides. Il les ramasse et il les emporte. Un point, c'est tout.

Ma journée

Après le départ de la propriétaire, j'ai traversé l'entrée jusqu'à mon appartement et, tout d'un coup, j'ai clairement distingué ce que la situation avait d'épatant : la vieille était propriétaire de l'immeuble ; elle était veuve et elle n'avait ni parents ni amis. Ça allait être la pagaille pour s'y retrouver dans ses affaires. Il faudrait des mois pour tirer tout ça au clair, et, du coup, personne ne viendrait m'embêter parce que mon loyer était en retard.

Vous parlez d'un coup de pot !

C'était vraiment ma journée.

Je n'avais pas connu une journée pareille depuis le jour où je m'étais fait renverser par une voiture deux ans plus tôt et que je m'étais fait casser les deux jambes. J'avais eu droit à une belle indemnité. Même s'il avait fallu que je reste couché trois mois en extension, c'était mieux que de travailler pour vivre ; et puis alors, quelles merveilleuses journées j'avais passées à rêver de Babylone à l'hôpital.

J'étais presque désolé de sortir.

Même que ça a dû se voir.

Les infirmières en ont plaisanté.

« Pourquoi cette mine sombre ? » a dit l'une d'elles.

« On dirait que vous allez à un enterrement », a dit une autre.

Elle ne savait pas à quel point on était bien à l'hôpital, comme c'était bien de rester allongé dans un endroit où l'on s'occupait de tout pour moi avec pratiquement rien d'autre à faire que de rêver à Babylone.

À l'instant même où j'ai franchi la porte de cet hôpital sur mes béquilles, tout a commencé à aller de travers. À partir de ce moment-là, ça n'a été qu'une longue spirale descendante jusqu'à aujourd'hui ; mais alors, aujourd'hui : vous parlez d'une journée ! Des balles pour mon pistolet ! Cinq dollars ! Et le plus beau : une propriétaire cannée !

Que demander de mieux ?

Chants de Noël

Toujours aussi humide et dégoûtant, mon appartement. Ça ne s'était pas arrangé pendant mon absence. Un vrai cul-de-basse-fosse. Bon Dieu, comment je faisais pour vivre comme ça ? Ça avait quelque chose d'effrayant. J'ai enjambé un certain nombre d'objets non identifiés qui se trouvaient par terre. J'ai fait exprès de ne pas trop les regarder. Je ne tenais pas à savoir ce que c'était. J'ai également évité de regarder mon lit.

Mon lit ressemblait à quelque chose qui aurait dû se trouver dans la section des fous dangereux d'un asile psychiatrique. Je n'avais jamais été un faiseur de lits extraordinaire, même à l'époque, il y a bien des lustres, où l'on m'y avait encouragé.

Ma mère me hurlait tout le temps : « Pourquoi tu ne fais pas ton lit ! Est-ce qu'il va falloir que je fasse tout à ta place ? »

Une fois que j'avais fait mon lit, elle hurlait :

« Alors, tu n'es même pas fichu de faire ton lit comme il faut ! Regarde-moi ces draps ! On dirait des nœuds coulants. Je me demande vraiment ce que je vais bien pouvoir faire de toi ! Pitié, Seigneur, pitié, je vous en prie ! » Et voilà que maintenant je lui devais huit cents dollars, mon lit ressemblait à la potence où l'on avait pendu les assassins d'Abraham

Lincoln, et je n'avais encore pas appelé ma mère de la semaine.

Il fallait que je prenne une douche pour faire bonne impression sur mon client : je me suis déshabillé ; je m'apprêtais à ouvrir le robinet quand je me suis rendu compte que je n'avais pas de savon. J'avais utilisé les derniers petits bouts qui me restaient quelques jours plus tôt. En plus, la lame de mon rasoir était si usée qu'on n'aurait même pas pu raser une poire avec.

J'ai songé un moment à me rhabiller, à sortir et à aller chercher du savon et des lames de rasoir, mais je me suis rappelé qu'il n'y avait pas un seul magasin dans un rayon d'un kilomètre à qui je ne doive pas d'argent. Si j'avais le malheur de sortir mon beau billet de cinq dollars devant un commerçant, j'allais me faire écarteler tout vif.

Pas question…

Alors comment faire ?

Je ne pouvais pas emprunter de savon ni de lame de rasoir à un locataire de l'immeuble : je les avais tous ratissés, un véritable incendie de forêt. Il n'y en aurait pas un pour me prêter un bout d'albuplast si j'avais la gorge tranchée.

J'ai réfléchi soigneusement à tout ça.

Mon raisonnement était en gros le suivant : l'eau est plus importante que le savon. C'est vrai, à quoi sert le savon sans eau ? À rien. Bon, alors. Donc, logiquement, l'eau devait pouvoir s'en sortir toute seule ; de plus, c'était mieux que rien, si vous me suivez bien.

M'étant convaincu du bien-fondé de cette démarche logique, j'ai ouvert le robinet et je suis passé sous la douche. J'en suis immédiatement ressorti.

« WAAAAAHHHHHHHHHHHHHHHOUOUOUOUOUOUOUOUOU ! » j'ai hurlé, en sautant de douleur dans tous les sens.

L'eau était absolument bouillante et je payais pour ça. Dommage que je n'aie pas poursuivi mon raisonnement au point de régler la température de l'eau pour que ça soit supportable à un être humain.

Bon, enfin…

C'était juste que je n'y avais pas pensé. Dès que la douleur s'est calmée, j'ai réglé les robinets d'eau chaude et d'eau froide de manière qu'ils se mélangent, produisant ainsi un environnement acceptable pour quelqu'un qui prend une douche sans savon.

D'habitude, je chante en prenant ma douche ; alors, en prenant ma douche, j'ai commencé à chanter :

Accou-rez, les fi-dèles, joy-yeux z'et tri-omphants,
Accou-rez ac-courez, ve-nez z'à Bé-thle-hem.
Ve-nez le con-templer, Lui, nééé le Roi des Zanges…

Je chante toujours des chants de Noël en prenant ma douche.

Il y a quelques années de ça, j'ai passé la nuit avec une femme, à l'époque où je vivais dans un appartement plus chic. Elle était secrétaire chez un gars qui vendait des voitures d'occasion. Je l'aimais vraiment beaucoup, cette fille. J'avais espoir que ça devienne très très sérieux entre nous. Voire d'obtenir une réduction de quelques dollars sur une voiture d'occasion.

On était déjà sortis plusieurs fois tous les deux, mais c'était la première fois qu'on couchait ensemble ; on s'était pas mal débrouillés du tout ; enfin, moi je trouvais. C'était l'époque où j'avais du savon et, du coup, le matin, je suis allé prendre ma douche. Elle était toujours au lit lorsque je suis sorti de la pièce. Je suis passé sous la douche et je me suis mis à chanter :

C'est par un clair
ciel de
mi-nuit,
qu'un chant de gloi-re est a-rri-vé…

Je chantais, tranquille…

Quand j'ai eu fini de prendre ma douche, je suis revenu dans la chambre : elle n'était plus là. Elle s'était levée, habillée et elle était partie sans rien dire ; mais elle avait laissé un mot sur ma table de chevet.

Le mot disait :

Cher Mister Card,
Je vous remercie pour ces bons moments.
Ayez la gentillesse de ne plus me rappeler.
Salutations distinguées,

Dottie Jones

Il faut croire qu'il y a des gens à qui ça ne plaît pas d'entendre des chants de Noël en plein mois de juillet.

Un expert en chaussettes de réputation mondiale

J'ai terminé cette orgie d'hygiène intime par le rasage le plus foireux du monde : grâce à ma lame émoussée, ma meilleure.

Ensuite, j'ai fait un tri dans différents tas de vêtements et j'ai réuni la garde-robe la plus propre possible vu la situation dans laquelle m'avaient placé des mois d'extrême pauvreté ; et puis j'ai vérifié que j'avais bien une chaussette à chaque pied. Bien sûr, elles n'étaient pas de la même paire, mais les teintes en étaient assez proches ; il aurait vraiment fallu être un expert en chaussettes de réputation mondiale pour voir la différence.

Dieu merci, tout cela allait s'arranger grâce à mon nouveau client. Il allait m'arracher à mon enfer.

J'ai jeté un coup d'œil au réveil sur ma table de chevet. On voyait à peine ses pauvres petites aiguilles derrière les milliers d'articles d'un indescriptible bazar. Le réveil n'avait pas l'air très heureux. Je crois qu'il aurait mieux aimé être dans la maison d'un banquier ou d'une institutrice célibataire que dans celle d'un privé de San Francisco dans la dèche.

Les aiguilles de ce réveil démoralisé indiquaient cinq heures et quart. Il me restait trois quarts d'heure avant d'aller retrouver mon client devant la station de radio de Powell Street.

J'espérais que ce que mon client voulait que je fasse se passerait dans la station de radio vu que je n'étais encore jamais entré dans une station de radio et que j'aimais bien écouter le poste. Il y avait des tas d'émissions qui me plaisaient.

Bon, alors voilà : j'étais « douché », « rasé », « propre » et « habillé ». Il commençait à être temps de descendre en ville. J'ai décidé d'y aller à pied, j'avais l'habitude ; mais maintenant c'était fini cette époque-là. Les honoraires confortables versés par mon client allaient mettre un terme à tout ça et ce trajet à pied pour descendre en ville constituait une espèce d'adieu à mes cavalcades.

J'ai remis la veste avec un pistolet dans chaque poche : un chargé et un vide. Quand j'y repense maintenant, j'aurais dû retirer celui qui était vide de ma poche ; mais on ne peut pas retourner en arrière et revivre le passé. Il faut assumer les conséquences de ses actes.

Avant de quitter l'appartement, j'ai jeté un coup d'œil circulaire autour de moi pour voir si je n'avais rien oublié. Évidemment, je n'avais rien oublié. Je possédais tellement peu de trucs dans ce bas monde que je vois mal ce que j'aurais pu oublier !

Montre ? Non. Chevalière incrustée d'un énorme diamant ? Non. Patte de lapin porte-bonheur ? Non : y avait un bout de temps que je l'avais mangée, celle-là. Donc, debout, là, avec mes deux pistolets en poche, j'étais aussi prêt à partir qu'il est possible.

La seule chose qui me turlupinait, c'était qu'il fallait encore que j'appelle ma mère, que je recommence à zéro la même conversation et que je me fasse engueuler pour la semaine.

Enfin… Si on avait voulu que la vie soit parfaite, on l'aurait faite comme ça dès le début. Et encore je vous assure que ce que j'ai en tête, ce n'est même pas le Jardin d'Éden.

Adieu, puits de pétrole à Rhode Island

Les pleureurs de propriétaires amateurs n'étaient plus sur le palier quand j'ai quitté l'immeuble. C'était vraiment une équipe ridicule ces gens-là, on les avait recrutés pour un opéra de deuil pathétique, mais maintenant ils étaient tous rentrés dans leurs trous à rats et la propriétaire était morte : fermez le ban.

J'ai pensé à elle en sortant de là.

Pas de doute, je l'avais bien embobinée quand j'avais obtenu un sursis de loyer en lui racontant que mon oncle avait fait fortune dans les puits de pétrole à Rhode Island. J'avais vraiment été inspiré : je l'avais baratinée jusqu'à la gauche et elle avait mordu. J'aurais pu devenir un grand politicien si Babylone n'était pas venue entraver ma carrière.

En descendant l'escalier d'entrée, je me suis imaginé la propriétaire en train de penser à des puits de pétrole à Rhode Island au moment précis où son palpitant s'arrêtait. Je l'entendais qui se disait tout haut : « C'est bien la première fois que j'entends parler de puits de pétrole à Rhode Island. Je ne sais pas pourquoi, mais ça me paraît bizarre. Je sais qu'il y a des puits de pétrole dans l'Oklahoma et au Texas, et j'en ai même vus en Californie du Sud, mais à Rhode Island ?! Des puits de pétrole ? Ça alors ! »

À ce moment-là, son cœur s'est arrêté.

Parfait.

De belles photos

Je descendais Leavenworth Avenue à pied, en faisant très attention de ne pas penser à Babylone, quand tout à coup un jeune homme âgé d'une petite vingtaine d'années m'a repéré de l'autre côté de la rue et s'est mis à faire de grands signes avec les bras dans ma direction.

Je ne l'avais jamais vu.

Je ne savais pas qui c'était.

Je me suis demandé ce qui se passait.

Il avait très envie de traverser la rue pour me rejoindre, mais le feu était au rouge et il attendait qu'il change de couleur. En attendant, il n'a pas cessé de me faire de grands signes avec les bras ; on aurait dit un moulin fou.

Quand le feu a changé, il a traversé la rue en courant pour me rejoindre.

« Salut, salut », dit-il comme un frère qu'on a perdu de vue.

Il avait le visage couvert d'acné et ses yeux étaient atteints de faiblesse de caractère. Qui c'était ce mec ?

« Vous vous souvenez de moi ? » dit-il.

Je ne me souvenais de rien du tout et, même si je m'étais souvenu, je n'en avais pas envie ; mais, comme je disais, je ne me souvenais de rien du tout.

« Non, je ne me souviens pas de vous », dis-je.

Il était habillé, fallait voir.

Il avait aussi mauvaise allure que moi.

Quand j'ai dit que je ne le connaissais pas, il a pris un air très abattu, comme si nous avions été très bons amis et que je l'avais oublié.

Mais enfin, merde, d'où il sortait ce type ?

Du coup, il s'est mis à regarder ses pieds, comme un chiot qui vient d'être puni.

« Qui êtes-vous ? j'ai demandé.

— Vous ne vous souvenez pas de moi, dit-il tristement.

— Dites-moi qui vous êtes, comme ça je me rappellerai peut-être », dis-je.

Il secouait maintenant la tête d'un air désespéré.

« Bon, allez, j'ai fait. Crachez : qui êtes-vous ? »

Il a continué à secouer la tête.

J'ai repris mon chemin.

Il a tendu le bras et a touché ma veste de la main, pour empêcher que je m'en aille. J'avais désormais une raison supplémentaire de faire nettoyer mon veston.

« Vous m'avez vendu des photos, dit-il doucement.

— Des photos ? j'ai fait.

— Ouais, des photos de dames déshabillées. C'était de belles photos. Je les ai emportées chez moi. L'Île au Trésor, vous vous rappelez ? L'Exposition Universelle ? J'ai rapporté les photos chez moi. »

Et merde ! Alors comme ça, il avait emporté les photos chez lui !

« Il m'en faudrait d'autres, des photos, dit-il. Elles sont vieilles maintenant, celles-là. »

Je me suis imaginé à quoi pouvaient aujourd'hui ressembler ces photos, et ça m'a fait frémir.

« Vous en avez d'autres que je pourrais acheter ? dit-il. J'ai besoin de photos neuves.

— Ça fait longtemps de ça, dis-je. Je ne m'occupe plus de ça maintenant. J'ai juste fait ça une fois.

— Mais non, c'était en 1940, dit-il. Ça ne fait que deux ans. Il ne vous en reste pas quelques-unes ? Je vous en donnerai un bon prix. »

Il me fixait maintenant avec des yeux de chien suppliant. Il lui fallait à tout prix des photos porno. J'avais déjà vu ce genre de regard, mais l'époque où je vendais des photos cochonnes était révolue.

« Va te faire enculer, eh, pervers ! » dis-je. Et j'ai poursuivi mon chemin sur Leavenworth en direction de la station de radio.

J'avais mieux à faire qu'à rester debout à un coin de rue à causer à des trous du cul d'obsédés sexuels. J'ai de nouveau frémi en songeant à la façon dont ces photos que je lui avais vendues à l'Exposition Universelle de 1940 avaient pu vieillir.

Pedro et son Quintette Romantique

J'ai continué à descendre Leavenworth Street à pied sur trois ou quatre cents mètres pour aller retrouver mon client, et je me suis rappelé le rêve que j'avais fait la nuit d'avant. J'avais rêvé que j'étais un cuisinier célèbre originaire du Sud de la frontière et que j'avais ouvert un restaurant mexicain à Babylone spécialisé dans les *chiles rellenos* et les *enchiladas* au fromage.

C'est devenu le restaurant le plus connu de Babylone.

Il était près des Jardins Suspendus et la meilleure société de Babylone y venait manger. Nabuchodonosor y venait souvent, mais il n'aimait pas tellement les spécialités de la maison. Il préférait les tacos. Parfois il était là, attablé, un dans chaque main.

Quel type ! Tout le temps en train de blaguer et de faire de grands gestes aux gens avec ses tacos.

Nana-Dirat travaillait là comme danseuse.

Dans le restaurant, il y avait une estrade sur laquelle se produisait un petit orchestre typique : Pedro et son Quintette Romantique.

Ils jouaient vraiment du tonnerre et quand Nana-Dirat dansait, tout le monde reprenait de la bière pour se rafraîchir un peu. On aurait dit un pétard mexicain en train de danser dans l'ancienne Babylone.

Aïe, aïe, aïe : tout à coup, je me suis rendu compte qu'en descendant la rue pour aller rencontrer mon client je m'étais remis à penser à Babylone. Grossière erreur.

J'ai immédiatement fait cesser tout ça.

J'ai écrasé les freins.

Faut faire attention. Peux pas me permettre de me laisser entraîner par Babylone. Tout allait trop bien. Babylone, on verrait plus tard. Alors je me suis réorganisé la tête de manière à me concentrer sur autre chose, et la chose à laquelle j'ai choisi de penser, ç'a été mes chaussures : il m'en fallait des neuves ; celles que je portais étaient complètement usées.

Smith Smith

J'étais à cent mètres de la station de radio, en train de penser à mes chaussures, quand, dans un éclair, le nom de Smith Smith m'a traversé l'esprit et j'ai lâché : « Fantastique ! » Le monde entier aurait pu m'entendre ; mais, heureusement, il n'y avait personne. Ce tronçon-là de Powell Street était calme. Il y avait quelques personnes à une centaine de mètres dans chaque sens mais, au milieu, j'étais tout seul.

J'étais toujours en veine.

Smith Smith, j'ai pensé : *c'est le nom qu'il me faut pour mon privé à Babylone.* Je vais l'appeler Smith Smith.

J'avais découvert la variation idéale sur le nom Smith. Je l'avais combiné avec un deuxième Smith. J'étais vraiment fier de moi. Dommage que je n'aie eu personne avec qui partager la joie de mon exploit ; mais je savais que si je parlais de Smith Smith à quiconque, ça me vaudrait sûrement un voyage involontaire chez les dingues ; et je n'avais aucune envie d'y mettre les pieds.

J'allais garder Smith Smith pour moi tout seul.

Je me suis remis à penser à mes chaussures.

Dinde rôtie avec sa farce

Je suis arrivé à la station de radio à six heures moins dix. Je voulais être à l'heure pour montrer que j'étais un détective privé responsable qui avait mieux à faire que de toujours penser à Babylone.

Il n'y avait personne devant la station de radio.

Qui que soit mon client, il n'était pas encore là.

J'aurais bien voulu savoir qui allait venir.

Je ne savais pas si ce serait un homme ou une femme. Si c'était une femme, j'espérais qu'elle serait très riche et très belle, qu'elle tomberait follement amoureuse de moi et qu'elle voudrait que je prenne ma retraite de détective privé pour mener une existence luxueuse ; comme ça, je passerais la moitié de mon temps à la baiser, et l'autre moitié à rêver de Babylone.

Ce serait la belle vie.

J'avais hâte que ça commence.

Et puis j'ai pensé à ce qui se passerait si c'était un client du genre Sydney Greenstreet qui se pointait, et s'il voulait que je file un cuisinier philippin qui avait une liaison avec sa femme : du coup, il faudrait que je passe des heures accoudé au comptoir du café où il était cuisinier, à le regarder faire la cuisine.

L'affaire prendrait un mois.

Toutes les semaines, j'irais retrouver Sydney Greenstreet dans son immense appartement de Pacific Heights et je lui raconterais en détail tout ce que le cuisinier philippin avait fait cette semaine-là. Il s'intéresserait beaucoup à tout ce que faisait le cuisinier philippin ; il voudrait même savoir ce qu'il y avait au menu le mercredi dans le restaurant où travaillait le cuisinier.

Je serais assis en face de Sydney Greenstreet, dans son appartement extraordinaire plein de rarissimes œuvres d'art. De l'appartement, on aurait une vue prodigieuse sur San Francisco, et j'aurais un verre de sherry cinquante ans d'âge à la main ; Peter Lorre, qui jouerait le valet de pied, n'arrêterait pas de me le remplir.

Peter Lorre donnerait l'impression de faire preuve d'un manque d'intérêt hautain pour notre conversation lorsqu'il se trouverait dans la pièce avec nous, mais, plus tard, je l'apercevrais en train de traîner près de la porte, l'oreille aux aguets.

« Qu'y avait-il au menu mercredi ? » dirait Sydney Greenstreet, son énorme main charnue entourant de façon incongrue un verre à sherry délicat.

Peter Lorre rôderait de l'autre côté de la porte ouverte de la salle de séjour, en faisant semblant d'épousseter un grand vase, mais en écoutant en fait avec attention ce que nous serions en train de dire.

« Du potage au riz et à la tomate, dirais-je alors. De la salade à la Waldorf.

— Le potage ne m'intéresse pas, dirait Sydney Greenstreet. Ni la salade. Je veux savoir ce qu'il y avait comme plats.

— Je suis désolé », dirais-je. C'était son argent après tout. C'était lui qui payait la note. « Comme plats, il y avait :

Crevettes Frites
Bar Grillé au Beurre de Citron
Filet de Sole Sauce Tartare
Fricassée de Veau aux Légumes
Hachis de Bœuf Salé à l'Œuf
Côte de Porc Grillée à la Compote de Pommes
Foie de Bovillon Grillé aux Oignons
Croquettes de Poulet
Croquettes de Jambon Sauce Ananas
Côtelette de Veau Panée Sauce Brune
Poulet de Printemps Désossé Frit
Jambon de Virginie au Four aux Patates Douces
Dinde Rôtie avec sa Farce
Aloyau « Club » de Bœuf Nourri au Maïs
Côte d'Agneau à la Française aux Petits Pois
Aloyau New-Yorkaise.

— Et vous avez goûté à un plat ? demanderait-il.

— Oui, dirais-je. J'ai pris de la Dinde Rôtie avec sa Farce.

— Et c'était bien ? demanderait-il en se penchant vers moi sur sa chaise, l'air inquiet.

— Affreux, dirais-je.

— Bon, dirait-il, en se régalant et en faisant claquer sa langue de plaisir. Je ne vois pas ce qu'elle lui trouve. Ce ne sont que des porcs tous les deux. Ils n'ont chacun que ce qu'ils méritent. »

Là, il se tairait un instant, se laisserait aller confortablement dans son fauteuil, et boirait une gorgée de sherry, l'air de s'y connaître.

Il me jetterait de ses yeux tropicaux et nonchalants un regard de satisfaction.

« Alors, comme ça, la dinde rôtie avec sa farce était affreuse, hein ? demanderait-il. C'était vraiment si mauvais que ça ? » L'ombre d'un sourire lui viendrait au visage.

« La farce, c'était la plus mauvaise que j'aie jamais mangée, dirais-je. J'ai l'impression qu'elle était faite avec de la merde de chien. Je me demande comment quelqu'un aurait pu manger ça, J'en ai pris une bouchée et ça m'a suffi.

— Intéressant, dirait Sydney Greenstreet. Très intéressant. »

Je jetterais un coup d'œil à Peter Lorre qui ferait semblant d'épousseter un grand vase avec des Chinois à cheval peints dessus.

Lui aussi penserait que mes commentaires sur la dinde rôtie avec sa farce étaient intéressants.

La Cendrillon des ondes

J'étais là, debout en face de la station de radio WXYZ, « La Cendrillon des Ondes », en train de penser à Sydney Greenstreet et à Peter Lorre, à la dinde rôtie avec sa farce, quand la limousine Cadillac qui était passée devant moi plus tôt, au moment où je rentrais à la morgue, s'est arrêtée devant moi : la portière arrière s'est ouverte doucement. La belle blonde que j'avais vue quitter la morgue était assise sur le siège arrière de la limousine.

Elle m'a fait un geste des yeux pour m'inviter à monter.

C'était un geste bleu.

Je suis monté à côté d'elle.

Elle portait un manteau de fourrure qui valait plus que tous les gens que je connaissais réunis et multipliés par deux. Elle a souri. « Quelle coïncidence, dit-elle. Nous nous sommes vus à la morgue. Le monde est petit.

— Il n'y a pas de doute, dis-je. Je suppose que vous êtes mon…

— Votre cliente, dit-elle. Vous avez un pistolet ?

— Oui, dis-je. J'en ai un.

— Bon, dit-elle. C'est très bien. Je crois que nous allons devenir amis. Très amis.

— Pourquoi vous faut-il quelqu'un avec un pistolet ? Qu'est-ce que vous voulez que je fasse ? dis-je.

— J'ai vu tous les films », dit-elle en souriant.

Elle avait des dents parfaites. Elles étaient si parfaites que de penser aux miennes, ça m'a gêné. J'avais l'impression d'avoir la bouche pleine de tessons de bouteille. Sur le siège avant, au volant, il y avait le même type qui lui servait de chauffeur le matin. Il avait l'air d'avoir un cou très puissant. Il ne s'était pas retourné une seule fois depuis que j'étais monté dans la voiture. Il se contentait de regarder fixement devant lui. Son cou donnait l'impression d'être assez puissant pour ébrécher une hache.

« Vous êtes bien ? dit la blonde riche.

— Très bien, dis-je, car j'avais déjà vu ce film-là.

— Mister Cleveland », dit-elle, en s'adressant au chauffeur qui lui répondit d'un tressaillement du cou.

La voiture s'est mise à descendre la rue en douceur.

« Où allons-nous ? dis-je, l'air dégagé.

— À Sausalito, boire une bière », dit-elle.

Ça m'a paru bizarre.

Je m'attendais à tout sauf à ce qu'elle aime la bière.

« Cela vous étonne ? dit-elle.

— Non, dis-je en mentant.

— Vous ne dites pas la vérité », dit-elle, en me souriant. Elle avait vraiment des dents incroyables.

« O.K., pas tout à fait », dis-je. C'était elle qui avait le fric. Moi, je voulais bien jouer à ce qu'elle voulait.

« Les gens sont toujours surpris quand je dis que j'ai envie de boire une bière. Ils se disent tout de suite que je suis une dame à boire du champagne à cause de ma touche et de la façon dont je m'habille ; mais les apparences sont parfois trompeuses. »

Au mot « champagne », le cou du chauffeur tressaillit violemment.

« Mister Card ? dit-elle.

— Oh ! pardon, dis-je, en cessant de regarder le cou du chauffeur pour la regarder, elle.

— Vous ne trouvez pas ? dit-elle. Seriez-vous de ces personnes que l'allure des gens impressionne ? »

Encore une fois, c'était son fric ; et moi, j'en voulais une partie.

« Pour être franc avec vous, chère madame, je suis étonné que vous buviez de la bière.

— Appelez-moi mademoiselle Anne, dit-elle.

— Très bien, mademoiselle Anne ; ça m'étonne que vous préfériez la bière au champagne. »

Un nouveau tressaillement agita violemment le cou du chauffeur.

Qu'est-ce qui se passait, nom de Dieu ?

« Vous êtes un homme à champagne ? » dit-elle ; et sitôt dit le mot « champagne », le cou du chauffeur s'est remis à tressaillir. C'était un tressaillement qui avait l'air assez puissant pour vous briser le pouce si vous vous trouviez à lui toucher le cou au moment où il y allait de son tressaillement. Le cou de ce gars-là, fallait s'en méfier.

« Mister Card, vous m'avez entendue ? dit-elle. Êtes-vous un homme à champagne ? Aimez-vous le champagne ? »

Le cou partit de nouveau comme un gorille qui secoue les barreaux de sa cage.

« Non, moi, c'est le bourbon que j'aime, dis-je. De l'Old Crow avec des glaçons. »

Le cou du chauffeur cessa de tressaillir.

« Comme c'est drôle, dit-elle. Nous allons bien nous amuser tous les deux.

— Qu'est-ce que nous allons faire ? dis-je.

— Ne vous inquiétez pas, dit-elle. Nous avons bien le temps. »

Le cou du chauffeur resta tranquille pendant que nous traversions San Francisco pour rejoindre le Golden Gate Bridge. Je me rendais compte que son cou était parfaitement capable de provoquer de gros ennuis. J'ai essayé d'imaginer ce qui se passerait si on faisait quelque chose qui déplaise à ce cou. Et je n'ai pas du tout apprécié ce que j'imaginais. J'allais rester dans les petits papiers du cou. Si ça ne dépendait que de moi, ce cou-là et moi allions devenir très potes.

Le cou n'aimait pas le mot « champagne ».

J'allais faire très attention de ne pas utiliser ce mot-là à l'avenir.

Le cou aimait le mot « bourbon » : c'était donc un mot que le cou allait vachement entendre.

Mais dans quelle panade est-ce que je me fourrais, nom de Dieu ?

Nous avons descendu Lombard Street en direction du Golden Gate Bridge et de la panade.

Smith Smith contre les ombres-robots

Au milieu du Golden Gate Bridge, assis à côté d'une belle et riche nana, un cou gigantesque et très instable au volant, ça m'est venu : le nom de mon feuilleton sur le privé à Babylone. J'allais l'appeler *Smith Smith contre les Ombres-Robots*. Quel chouette titre ! Je ne me tenais quasiment plus de joie.

« Que se passe-t-il ? » dit ma cliente qui n'avait rien dit depuis quelques instants que nous roulions.

J'ai commencé à dire tout haut le titre de mon feuilleton. C'était involontaire, mais j'ai réussi à m'arrêter après avoir laissé échapper le premier mot.

« Smith » j'ai dit ; et j'ai arrêté les autres mots en faisant s'asseoir un éléphant mental sur ma langue.

« Smith ? », a dit ma cliente.

Le cou du chauffeur semblait au bord d'un tressaillement. Et bon Dieu, je ne voulais pas voir ça.

« Je viens de me rappeler que c'était hier l'anniversaire d'un ami à moi et que j'avais oublié, dis-je. Je devais lui faire un cadeau. Il s'appelle Smith. Un type formidable. Pêcheur. Il a un bateau au môle. Je suis un ami d'enfance de son fils. Nous sommes allés au lycée Galilée ensemble.

— Oh ! » dit ma blonde et riche cliente, un accent de léger ennui dans la voix. Elle n'avait pas envie qu'on lui raconte des histoires sur un pêcheur qui s'appelait Smith.

Je me suis demandé comment elle aurait réagi si j'avais terminé ce que j'avais commencé à dire : *Smith Smith contre les Ombres-Robots.*

Cela m'aurait bien intéressé de voir comment elle s'en serait débrouillée. Dieu merci, je n'avais prononcé que le mot « Smith ». J'aurais pu me retrouver avec une cliente en moins ; pire encore, le cou aurait pu entrer en action.

Le cou était détendu à ce moment-là, en traversant le pont au volant de la voiture.

Un cargo sortait avec la marée.

Ses lumières flottaient sur l'eau.

« Je voudrais que vous voliez un cadavre », dit ma cliente.

Le journal du matin

« Quoi ? » dis-je, parce que c'était sans aucun doute un « quoi » qu'il fallait à ce moment-là et qu'à part un « quoi » rien n'aurait pu convenir à la situation.

« Je voudrais que vous voliez un corps à la morgue. »

Elle n'a rien dit d'autre.

Elle avait des yeux très bleus. Même dans la pénombre de la voiture, on voyait bien le bleu. Ses yeux me contemplaient. Ils attendaient que je réagisse.

Le Cou attendait aussi.

« Pas de problème, dis-je. Si vous y mettez le prix, je vous dépose le corps d'Abraham Lincoln demain devant votre porte avec le journal du matin. »

C'était exactement ce qu'elle avait envie d'entendre.

C'était aussi ce que le Cou avait envie d'entendre.

« Mille dollars, qu'est-ce que vous en dites ? dit-elle.

— Pour mille dollars, dis-je, je vous apporte tout un cimetière. »

Aimer la bière quand on peut s'offrir du champagne

C'était très beau de voir briller les lumières de San Francisco de l'autre côté de la baie, depuis le petit bar de Sausalito où nous étions attablés.

Ma cliente savourait une bière.

La boire lui procurait un plaisir infini. Elle ne buvait pas comme on aurait pu s'y attendre. Elle n'avait rien d'une dame dans sa façon de boire sa bière. Elle buvait de la bière comme un docker le jour de paye.

Elle avait enlevé son manteau de fourrure et portait en dessous une robe mettant en valeur ses formes renversantes. Toute cette histoire ressemblait exactement à une énigme policière dans un magazine bon marché. Je n'arrivais pas à y croire.

Le cou était resté dans la voiture, à nous attendre, de sorte que je me sentais un peu plus détendu auprès de ma cliente. Si j'en avais envie, je pouvais utiliser le mot champagne sans avoir peur de me lancer dans l'inconnu. Pas de doute, le monde est un endroit étrange. Pas étonnant que je passe tellement de temps à rêver de Babylone. C'est plus sûr.

« Où se trouve le corps que vous voulez que je vole ? dis-je, en regardant cette nana riche à l'air délicat descendre une grande lampée de bière. Puis roter. Vous aimez bien la bière, hein ? dis-je.

— J'aime la bière alors que j'ai de quoi m'offrir du champagne », dit-elle.

Lorsqu'elle a dit « champagne », j'ai involontairement cherché le cou du regard. Dieu merci, il était dans la voiture.

« Bon, alors, ce cadavre, dis-je.

— Où trouve-t-on des cadavres, en général ? dit-elle, comme si je n'étais pas très vif.

— Des tas d'endroits, dis-je. Mais surtout dans la terre. Il va me falloir une pelle pour ce boulot ?

— Mais non, imbécile, dit-elle. Le corps est à la morgue. C'est un endroit assez logique pour un corps, non ?

— Ouais, dis-je. Ça peut aller. »

Elle a repris une énorme lampée de bière.

J'ai fait signe à la serveuse de nous apporter une autre bière. Pendant ce temps-là, ma cliente terminait celle qu'elle avait devant elle. Je crois qu'elle venait de battre le record du monde des femmes riches buveuses de bière. Je ne pense pas que Johnny Weismuller serait arrivé à se taper une bière aussi vite.

La serveuse a déposé une autre bière devant elle.

Je sirotais toujours l'Old Crow avec des glaçons que j'avais commandé en arrivant. Ça allait être mon seul verre. Je ne suis pas tellement du genre buveur : un verre de temps en temps, et je ne remets jamais ça.

Elle a attaqué sa seconde bière avec autant

d'enthousiasme que la première. Elle avait raison de se dire buveuse de bière.

« Vous vous sentez capable de voler un cadavre à la morgue ? dit-elle.

— Ouais, tout à fait capable », dis-je.

À ce moment-là, quelque chose a fait surface dans ma tête comme un lapin de carton dans une galerie de tir. Pilon m'avait dit qu'elle avait regardé le corps de la prostituée morte de manière à pouvoir éventuellement identifier une parente, mais qu'elle avait fini par dire que ce n'était pas la bonne personne et qu'elle avait fait tout ça d'un air très froid, comme s'il lui arrivait tous les jours de regarder des cadavres.

J'ai pensé à ses larmes quand elle avait quitté la morgue.

Ça devenait intéressant.

L'air de rien, comme ça, j'ai fait : « Qui c'est, le corps que vous voulez que je vole à la morgue ?

— Qui c'est n'a pas d'importance, dit-elle. C'est mon affaire. Tout ce que je veux, c'est que vous m'apportiez ce corps. C'est le corps d'une jeune femme. Elle se trouve en haut dans la salle d'autopsie. Il y a un placard de rangement à quatre compartiments aménagé dans le mur. Elle est en haut à gauche. Elle a une étiquette "Inconnue" attachée à l'orteil. Allez me la chercher.

— O.K., dis-je. Où voulez-vous que j'emporte le corps quand je l'aurai récupéré ?

— Je veux que vous l'emportiez dans un cimetière, dit-elle.

— Ça, c'est pas trop dur, dis-je. C'est là que finissent les corps de toute façon. »

Je lui ai commandé une autre bière. Elle avait déjà terminé la deuxième. Je n'avais jamais de ma vie vu un verre de bière avoir si vite l'air si vide. La bière, on aurait dit qu'elle l'inhalait.

« Merci, dit-elle.

— Quand voulez-vous le cadavre ? dis-je.

— Ce soir, dit-elle. Au cimetière du Saint-Repos.

— C'est bientôt, ça, dites donc, dis-je. Je peux vous demander ce que vous avez l'intention d'en faire ?

— Allons, petit malin, dit-elle. Qu'est-ce qu'on fait d'un corps, en général, dans un cimetière ?

— O.K., dis-je. Je vois. Vous voulez que j'apporte une pelle ?

— Non, dit-elle. Contentez-vous d'apporter le corps au cimetière et nous nous occuperons du reste. Tout ce que nous vous demandons, c'est le corps. »

Quand elle a dit « nous », je me suis dit que ce qu'il fallait pour faire un « nous », c'était le cou.

Je lui ai commandé une autre bière.

Tremblement de terre dans une fabrique d'enclumes

« Il est maintenant sept heures et demie », dit-elle. Nous étions de nouveau installés à l'arrière de la limousine que le cou ramenait en direction de San Francisco.

« Je veux le corps au cimetière à une heure du matin, dit-elle, de façon très succincte, sans rien qui montre qu'elle se ressentait le moins du monde des six bières qu'elle avait descendues en un temps record.

— Bon, d'accord, dis-je. Mais si je suis en retard, vous n'aurez qu'à commencer sans moi. »

Tressaillement du cou sur le siège avant. « Je disais ça pour rire, dis-je.

— Il est très important que le corps se trouve là-bas à une heure du matin », dit-elle. Elle était assise tout près de moi et son haleine ne sentait pas du tout la bière. Quand je pense qu'après avoir fini les six bières elle était tout de suite remontée en voiture sans aller aux toilettes : à se demander où la bière avait bien pu foutre le camp.

« Ne vous inquiétez pas, dis-je. J'apporterai le corps à l'heure.

— Bien », dit-elle.

J'ai marqué une pause avant de la rouvrir. Je voulais que les mots que je me préparais à utiliser soient les bons. Je ne voulais pas que des mots bâclés ou inadéquats me sortent de la bouche.

« Il va me falloir la moitié de la somme d'entrée, dis-je. Et puis il va me falloir trois cents dollars pour mes frais. Il va falloir graisser des tas de pattes. Je suppose que vous vous rendez compte que ce n'est pas tout à fait rien de voler un cadavre à la morgue. C'est pas un coup ordinaire. La ville n'aime pas particulièrement ça, perdre des cadavres. Les gens vont se poser des questions. Il va me falloir de l'argent pour pouvoir leur répondre.

— Je comprends », dit-elle.

Je lui ai jeté un coup d'œil.

Où avait-elle bien pu foutre toute cette bière ?

« Mister Cleveland », dit-elle au cou qui conduisait la voiture. Le cou a mis la main dans la poche de son manteau, en a sorti un rouleau de billets et me les a passés par-dessus son épaule. Dans le rouleau il y avait exactement huit cents dollars en billets de cent. C'était comme s'ils avaient lu mes pensées.

« Cela vous convient-il ? » dit-elle.

Je me suis presque évanoui quand on m'a donné l'argent. Ça faisait un sacré bout de temps ; mettons les quelques années-lumière nous séparant de l'étoile la plus proche. Je n'avais pas vu autant d'argent depuis le jour où j'avais touché mon indemnité pour l'accident de la circulation.

Pas de doute, c'était le début d'une courbe ascendante dans mon existence. Je n'aurais pas pu être plus heureux que je l'étais en traversant le

Golden Gate Bridge assis dans la voiture : tout ce que j'avais à faire pour gagner l'argent, c'était de voler un cadavre.

Alors le Cou a parlé pour la première fois. Une voix qui ressemblait à un tremblement de terre dans une fabrique d'enclumes est sortie de devant le cou qui ne s'est même pas donné la peine de se retourner vers moi.

« Et pas de conneries, dit le cou. On le veut, ce corps. »

Les détectives privés de San Francisco

Je n'ai pas pris le Cou au sérieux. Ça n'allait pas être bien dur de voler ce cadavre. J'allais faire ça comme une fleur. On pouvait quasiment considérer qu'il était déjà au cimetière.

Je me sentais merveilleusement bien quand nous avons franchi le péage.

J'étais aux anges.

À nouveau de l'argent !

J'allais pouvoir me débarrasser de quelques dettes, avoir de nouveau un bureau et peut-être même une secrétaire à mi-temps. Je pourrais même me payer une vieille voiture pour me balader.

Les choses n'auraient pas pu aller mieux. Je voyais la vie en rose. J'avais beau ne pas comprendre ce que ma belle cliente avait fait des six verres de bière, ça ne me tourmentait pas. Ils étaient quelque part par là. J'en savais assez comme ça.

Une idée a traversé ma tête de gars content.

Je n'ai pas pu m'empêcher de poser la question.

« Au fait, dis-je, comment avez-vous entendu parler de moi ? C'est vrai, il y a tout un tas de détectives privés plus connus que moi à San Francisco. Pourquoi m'avez-vous choisi ?

— Vous êtes le seul à qui on pouvait faire

confiance pour voler un corps à notre place, dit la nana blonde et riche. Les autres détectives auraient peut-être eu des scrupules. Mais, vous, vous n'en avez aucun. »

Évidemment, c'était vrai.

Ça ne m'a pas vexé du tout. Je n'avais rien à cacher.

« Où avez-vous entendu parler de moi ? dis-je.

— J'ai mes informations, dit-elle.

— Et pas de conneries », dit le Cou.

S'entraîner pour l'avenir

Je me suis fait déposer devant un immeuble chic avec portier à quelques centaines de mètres de l'endroit où je vivais. Je leur ai dit que c'était là que j'habitais.

Ils se sont garés en face de l'immeuble et m'ont laissé descendre.

Le portier m'a regardé d'un air curieux.

« Merci de m'avoir ramené », dis-je.

Le Cou s'est tourné vers moi au moment où je sortais de la voiture et il a parlé. « Pourquoi tu veux descendre ici ? dit-il. T'habites pas ici. T'habites dans un piège à rats deux pâtés de maisons plus loin. Enfin, t'as p't'être besoin de prendre de l'exercice. On s'en fout où t'habites. Tout c'qu'on veut, c'est le macchabée à l'entrée sud du cimetère du Saint-Repos à une heure du matin. Précise. »

Je suis resté planté là sans savoir quoi dire. Qui étaient ces gens ? Comment savaient-ils tant de choses sur moi ? Je ne me savais pas si connu.

« Je m'entraîne, ai-je fini par dire. Un jour, j'habiterai ici. »

Le Cou a recommencé à parler.

« Ouais, eh ben.

— Je sais, dis-je, pas de conneries.

— À plus tard, Mister Card », me dit la belle blonde, les six verres de bière enfouis quelque part dans son superbe corps.

La voiture s'est doucement éloignée.

Je l'ai regardée s'éloigner jusqu'à ce qu'elle disparaisse au coin de la rue.

Le portier a commencé à balayer le trottoir. Il me balayait pratiquement sur les pieds. J'ai continué mon chemin.

C. Card, détective privé

Je n'avais toujours pas téléphoné à ma mère.

Elle devait être rentrée du cimetière à l'heure qu'il était.

Il valait mieux que je me débarrasse de ça. Et puis j'allais pouvoir lui annoncer que j'étais maintenant en mesure de lui rendre une partie de l'argent que je lui avais emprunté. Naturellement, je n'allais pas lui dire combien j'avais touché d'honoraires parce qu'alors elle voudrait plus d'argent que je ne voulais lui rendre.

Maintenant, j'avais vraiment envie de me trouver un bureau, une secrétaire et une voiture. Ma mère pouvait attendre. Elle avait l'habitude. De toute façon, elle ne ferait rien de l'argent : elle se contenterait de le mettre à la banque et, la banque, moi, c'était vraiment le dernier endroit au monde où j'avais envie de voir mon argent.

Il me fallait un bureau avec

C. CARD
Détective privé

en lettres d'or sur la porte ; et puis il me fallait aussi une secrétaire splendide à qui dicter le courrier.

Cher Monsieur Cupertino,
Merci beaucoup du bonus de cinq cents dollars pour avoir retrouvé votre fille. C'est un plaisir de faire affaire avec un gentleman. S'il devait vous arriver de la reperdre, vous savez où me trouver ; et la prochaine enquête, c'est ma tournée.
Salutations distinguées,

C. Card.

Et puis il me fallait une voiture pour me déplacer en ville sans faire des trous dans mes chaussures. Un détective privé qui se déplace à pied ou en autobus, je ne sais pas pourquoi, c'est pas la classe.

Ça gêne les clients de rencontrer un détective privé avec une carte d'abonnement qui dépasse de sa poche de chemise.

Mais pour l'instant, il valait mieux que je téléphone à ma mère.

J'ai fait quelques centaines de mètres à pied, jusqu'à la cabine la plus proche.

J'ai mis une pièce de cinq cents dans la fente et j'ai décroché le récepteur que j'ai mis à mon oreille. Il n'y avait pas de tonalité. J'ai appuyé sur le bouton de retour des pièces, mais mes cinq cents sont restés dans le téléphone. J'ai fait jouer le déclic du téléphone. Le silence a continué de régner à l'intérieur du combiné. Et il n'était pas d'or : rien que le putain d'alliage de ma mitraille.

Bordel de merde !

J'y étais de mes cinq cents.

Je venais encore de me faire baiser par le grand capital.

J'ai donné un ou deux coups de poing dans le téléphone, histoire de montrer qu'il y a encore des gens qui ne se laissent pas dévaliser sans se battre.

Je suis sorti de la cabine et j'ai marché un peu. Je me suis retourné et j'ai jeté un regard de colère au téléphone.

Il y avait un vieux dans la cabine. Il avait le combiné à la main et parlait à quelqu'un au bout du fil.

Rien à faire : on se fait toujours avoir.

Je me suis demandé si le vieux était en train de se servir d'une pièce à lui ou bien si, de façon parfaitement injuste, il était arrivé à donner son coup de téléphone grâce à ma pièce de cinq cents à moi.

La seule manière que j'ai trouvée de me venger de la situation, ç'a été de penser que si c'était avec ma pièce qu'il téléphonait, c'était peut-être pour appeler son docteur et lui demander de le soulager d'une crise abominable d'hémorroïdes.

Autrement il n'y avait pas moyen de me sortir honorablement de cette sale affaire.

Je me suis retourné et je suis allé à pied jusqu'à l'arrêt de bus de Clay Street. J'allais descendre à la morgue en autobus. J'aurais pu prendre un taxi, mais j'ai décidé de prendre le bus en guise de voyage d'adieu à un mode de transport que je ne serai plus jamais forcé d'emprunter.

C'était la dernière fois.

Une jeune femme attendait le bus.

Elle était plutôt jolie, alors j'ai décidé de mettre à l'épreuve ma richesse toute neuve en lui faisant un grand sourire et en lui disant bonsoir.

Elle ne m'a pas rendu mon sourire et elle ne m'a pas dit bonsoir.

Elle m'a brusquement tourné le dos.

Soudain, on a aperçu le bus qui arrivait au carrefour.

Une minute plus tard, j'étais assis dans l'autobus en direction de la morgue. Je suis monté le premier dans le bus et lorsque je me suis assis à l'avant, la jeune femme est allée s'asseoir à l'arrière.

Je n'ai jamais été un homme à femmes, mais tout cela allait changer dès que j'aurais volé ce corps et touché le reste de mes honoraires, dès que je serais devenu le plus célèbre détective privé de San Francisco ; non, tiens : de Californie ; oh, et puis non, disons d'Amérique. Je ne vois pas pourquoi ce foutu pays tout entier ne reconnaîtrait pas mes mérites.

Je tenais déjà un plan imparable pour voler le corps.

Rien ne pouvait aller de travers.

C'était parfait comme plan.

Alors je me suis laissé aller sur mon siège et j'ai commencé à rêver de Babylone. Sans effort, mon esprit est reparti dans le passé. Je n'étais plus dans l'autobus. J'étais à Babylone.

Smith Smith contre les ombres-robots : Chapitre 1

Au plus profond des recoins secrets de sa cave-laboratoire cachée sous la clinique dans laquelle il attirait des malades confiants dans l'unique but de les transformer en ombres-robots, le Dr Abdul Forsythe était en train de sortir de sa chambre de transformation diabolique une personne qui avait été changée en ombre.

« Ça, c'en est une bonne, dit-il en examinant la texture de l'ombre.

— Vous êtes un génie », dit son acolyte Rotha, debout à côté du docteur, en regardant l'ombre. Après avoir admiré son ouvrage, le Dr Abdul Forsythe donna l'ombre à Rotha qui s'en occupa et la déposa sur le dessus d'un tas d'ombres haut de près de deux mètres. Il y avait mille ombres dans le tas. Il y avait environ une dizaine de tas dans le laboratoire.

Le Dr Forsythe avait suffisamment d'ombres pour créer une nuit artificielle assez vaste pour s'emparer d'une petite ville. Il ne lui manquait qu'une chose pour mettre son projet à exécution. Cet ingrédient, c'était les cristaux de mercure qui venaient d'être inventés par le Dr Francis, un médecin philanthrope qui avait consacré sa vie à faire le bien à Babylone.

Il vivait près de la Porte d'Ishtar avec sa ravissante

fille Cynthia qui avait une demi-sœur du nom de Nana-Dirat.

Le Dr Francis avait inventé les cristaux de mercure pour alimenter en carburant un vaisseau spatial qu'il était en train de construire pour aller dans la lune.

Après que Rotha eut mis sur le tas l'ombre d'un malheureux fabricant de sandales, qui était venu à la clinique pour se faire examiner un bobo mais y était resté pour finir comme ombre destinée à ce plan diabolique, il revint à côté de son maître maléfique.

« Et maintenant, Patron ? dit Rotha.

— Les cristaux de mercure, dit le Dr Abdul Forsythe. Et ensuite, ça va marcher. » Ils émirent tous deux un rire démoniaque. À la façon dont ils riaient, on se serait douté que leur entreprise n'était pas affiliée à une caisse de retraite. Dans leur branche, manifestement, personne ne touchait de pension.

Le roi de la gâchette

Soudain, je me suis rappelé où j'étais et, comme un roi de la gâchette dans un film de cow-boys, ma main a fusé et a tiré le cordon pour faire s'arrêter l'autobus. Je l'ai attrapé juste à temps.

À quelques secondes près, je ratais mon arrêt.

Rêver de Babylone, ça comporte des risques.

Un faux calcul et vous vous retrouvez à des kilomètres de votre arrêt.

Heureusement, c'était mon dernier parcours en autobus, et bientôt je n'aurais plus à m'inquiéter de louper mon arrêt. Dieu merci. Une fois, je suis allé jusqu'au terminus en rêvant de Babylone ; je n'avais pas assez d'argent pour revenir et le chauffeur n'a pas voulu me laisser voyager gratis, même quand je lui ai expliqué que je n'avais pas d'argent et que je lui ai menti, en lui disant que je m'étais endormi.

« Des histoires comme celle-là, j'en entends toute la journée, dit-il, en se désintéressant complètement de mon problème. Pas question de monter dans mon bus en payant avec des histoires. Je veux mes cinq cents. Si t'as pas cinq cents, descends de mon bus. C'est pas moi qui fais le règlement. Le trajet coûte cinq cents. Moi je me contente de faire mon boulot ; alors, descends de mon bus. »

Je n'ai pas du tout apprécié la façon qu'avait ce connard de dire tout le temps « mon bus » comme si ce foutu truc était à lui.

« Il est à toi, ce bus, peut-être ? dis-je.

— Comment ça, il est à moi ? dit-il.

— Ben oui, il t'appartient ou quoi ? Tu n'arrêtes pas de dire “mon bus, mon bus” ; alors je pensais que ce putain de bus était peut-être à toi, que tu l'emmenais chez toi, que tu couchais avec. Tiens, je parierais que vous êtes mariés. En fait, ce bus, c'est ta femme. »

Je n'ai rien pu dire d'autre parce que le chauffeur m'a mis K.O., d'un seul coup, comme ça, sans bouger de son siège. Ç'a été nuit noire. Je me suis réveillé à peu près dix minutes plus tard, assis sur le trottoir, appuyé à la devanture d'une pharmacie.

J'ai été réveillé par la fin rêvée pour un voyage en bus : un chien qui me pissait dessus. Il pensait peut-être que je ressemblais à une bouche d'incendie. Enfin, de toute façon, cette époque-là était révolue. J'avais huit cents dollars en poche et ç'avait été mon dernier voyage en autobus.

Quand je suis descendu, je me suis retourné et j'ai crié : « Va te faire foutre ! » au conducteur. Il a eu l'air stupéfait. Bien fait pour lui. C'était fini de me faire pisser dessus par des chiens.

Vampires

Quand je suis entré à la morgue, deux gars en sortaient en trimbalant un grand sac. On ne pouvait pas voir ce qu'il y avait dans le sac, mais il était lourd. Ils avaient l'air vraiment pressé. Il y avait une voiture garée en double file devant la morgue et le coffre était ouvert. Ils ont mis le sac dans le coffre, l'ont refermé, et ont démarré. Ils étaient tellement pressés que les pneus de derrière ont crissé quand ils ont démarré.

Je me suis demandé l'espace d'un instant ce qu'il y avait dans le sac. Il commençait à se faire tard pour venir prendre des choses à la morgue, mais ils avaient manifestement de bonnes raisons parce que c'était exactement ce qu'ils venaient de faire. Je suis de nouveau entré dans la morgue, j'ai cherché Pilon, mais je ne l'ai pas trouvé. Il n'était ni dans la salle d'autopsie ni en bas dans la chambre froide avec ses petits macchabs chéris. Je suis ressorti dans l'entrée et voilà Pilon qui passe la porte. Il avait un sac en papier à la main. Il est venu vers moi, après avoir traversé le hall en pilonnant.

« Tiens, dit-il. Si ça ne vaut pas mieux que d'être chassieux, je vous demande un peu. Qu'est-ce que tu fiches ici ? Tu cherches une partenaire qui danse aussi mal que toi ? Eh bien on en a, figure-toi. Les morts, ça danse presque aussi mal que toi, "L'Œil". »

Cette blague-là, Pilon aimait bien la répéter aussi souvent que possible. Un jour, on était sortis ensemble pour aller danser avec deux sténos. J'ai toujours fait un danseur épouvantable. De me regarder danser avec une rousse un peu tarte, il avait trouvé ça très drôle.

Pilon, bien sûr, danse admirablement. Cela étonne toujours les gens. Souvent, la salle de bal toute entière s'arrête, et tout le monde reste planté là, à regarder danser Pilon. Ils n'arrivent pas à en croire leurs yeux. Quand je danse, moi, tout le monde s'en fout.

Il y a même eu des gens pour suggérer tout à fait sérieusement que Pilon ouvre un studio de danse, comme celui d'Arthur Murray.

Je voudrais bien voir ça.

« Qu'est-ce que tu as dans ce sac ? j'ai dit, histoire de faire un peu dévier la conversation : y a pas que mes dons de danseur.

— C'est un sandwich, et c'est pas pour toi. C'est mon dîner. Qu'est-ce que tu fais ici de toute façon, hein, "L'Œil" ? Tu me rapportes mon pistolet et tu viens me rendre les cinquante dollars que tu me dois ? Je t'assure que je voudrais bien, mais je ne suis pas certain que mon cœur tiendrait le choc.

— Non, dis-je. Je suis venu te proposer une affaire.

— T'es bien trop fauché pour pouvoir me proposer une affaire, dit Pilon. Alors, sans charres, qu'est-ce que tu veux ?

— Je ne blague pas, dis-je. J'ai une vraie de vraie proposition, avec du fric derrière ; tu vas me croire comme ça.

— De l'argent ? dit-il. Toi ?

— Ouais, ma déveine est terminée. Je remonte la pente. Rien ne m'empêchera plus d'arriver jusqu'en haut.

— Je sais parfaitement que tu ne picoles pas, "L'Œil" ; alors t'es forcément à jeun. Dieu de bois. Pour commencer, Pearl Harbor, et maintenant, voilà-t-il pas que tu viens me proposer une affaire. Qu'est-ce qui peut bien se passer après ça ? Retournons à mon bureau et discutons ; mais t'as pas intérêt à me faire marcher parce que sinon tu vas te retrouver avec des éclisses dans les doigts. »

Le « bureau » de Pilon c'était une table dans la salle d'autopsie.

J'ai suivi Pilon qui se déplaçait avec agilité sur sa tige de bois.

« Hé, j'ai fait, en me rappelant tout d'un coup les deux bonshommes avec leur sac. Tu as fait emporter quelque chose il y a de ça un petit moment ?

— Comment ça ? dit Pilon.

— Il y a deux types qui viennent de sortir d'ici avec un grand sac plein de quelque chose.

— Non, dit Pilon. Personne ne devait rien venir prendre. C'est fini les ramassages à cette heure-ci. J'ai l'impression que la ville et le comté de San Francisco viennent de se faire dévaliser. Je me demande ce qu'ils ont pu prendre. Enfin quoi, merde, qu'est-ce qu'on peut faucher dans une morgue ? On n'a qu'un seul article ici. C'est vrai, c'est pas une épicerie. » En disant cela, il s'est arrêté de parler et m'a regardé, l'air très sérieux. Ensuite, il s'est gratté le menton et il a poussé un soupir.

« Comme je te disais, dit-il. On n'a qu'un seul genre d'article ici, et j'ai dans l'idée qu'il y a une bonne chance pour qu'à l'heure qu'il est il nous en manque un.

— Tu penses à ce que je commence à penser ? dis-je, en commençant de le penser.

— Ouaip, dit-il. Des vampires. »

De l'argent liquide froid et sans cœur

Nous sommes retournés au « bureau » de Pilon – la salle d'autopsie.

Quand on y est arrivés, Pilon s'est arrêté quelques instants devant une petite glacière pour cadavres qu'on avait construite dans un mur. C'était un mini-réfrigérateur qui pouvait en loger quatre. Le reste des macchabées, on les conservait en bas dans une grande chambre froide. Ceux qu'on conservait en haut étaient spéciaux. Je ne sais pas pourquoi. Je n'ai jamais posé la question. Je m'en fichais.

J'ai cru que Pilon allait vérifier la glacière pour voir s'il y manquait quelqu'un ; mais, au lieu de ça, il est allé jusqu'à son bureau, s'est assis et a sorti son sandwich du sac en papier. Il m'a montré la cafetière qui était sur un réchaud sur le bureau à côté de lui. « Sers-t'en une tasse, dit-il, en me désignant du doigt l'évier pour les autopsies à côté duquel il y avait des tasses. Verse-m'en donc un peu pendant que tu y es. Je vais manger mon sandwich pendant qu'il est encore chaud.

— Et le corps manquant ? dis-je, en allant à l'évier chercher les tasses.

— C'est pas de laisser refroidir mon sandwich qui le fera revenir. Je ne suis pas allé me chercher un sandwich chaud pour le manger froid. Tu vois ce que je veux dire ?

— Ouais, j'ai dit. Je comprends. J'étais seulement en train de me demander qui pouvait bien avoir envie de voler un corps à la morgue.

— Je te l'ai dit », dit Pilon en mordant dans son sandwich bacon, laitue et tomate, le bon vieux BLT des familles. Ses mots se sont pris dans le sandwich mais j'arrivais encore à les discerner. « Des vampires, dit-il. Mais, Bon Dieu, pourquoi ils n'ont pas été s'en chercher un au cimetière ? Pourquoi ils voulaient un des miens ?

— Peut-être qu'ils en voulaient un frais au lieu d'un rassis, j'ai dit.

— Ça semble logique, dit Pilon. Si on veut, oui, peut-être bien. »

J'ai rempli deux tasses du café de Pilon et j'ai bu une gorgée du mien. J'ai fait la grimace quand le liquide m'a atteint les papilles. Son café faisait le même effet qu'un grand coup de batte de base-ball dans la gueule.

« Tu pourrais réveiller les morts avec un café pareil, dis-je.

— Si tu crois que je n'y ai pas pensé, dit Pilon. Surtout la petite pute qu'ils ont amenée ce matin.

— Tu veux dire celle que tu t'apprêtais à baiser quand je suis venu tout à l'heure ? dis-je.

— J'allais pas la baiser, dit Pilon. Je me demande où tu vas chercher des idées pareilles. Disons que je suis un admirateur du corps humain. J'aime bien ses contours et ses lignes.

— C'est une façon de présenter les choses, dis-je. Mais de là où j'étais on aurait dit que tu allais la sauter dans les cinq secondes.

— Bon, hé, dis donc, qu'est-ce qui te ramène ici, dit Pilon, histoire de changer de conversation.

— Je te l'ai dit, j'ai fait. J'ai une affaire à te proposer. Il y a de l'argent à gagner pour toi.

— Comment ça ? Qu'est-ce que tu veux dire, *gagner* de l'argent ? dit Pilon. De l'argent, pour commencer, tu m'en *dois*. Quand vas-tu te décider à le cracher ? C'est ça le fric qui m'intéresse.

— Tout de suite », j'ai fait ; et j'ai fouillé dans ma poche. Je savais qu'il allait falloir que je lui rende l'argent que je lui devais avant de pouvoir continuer ma petite transaction.

« En voilà cent, dis-je, absolument ravi de jouer ce rôle. Maintenant, c'est toi qui me dois de l'argent, ô Gardien des Âmes Défuntes. »

Pilon n'arrivait pas à croire qu'il tenait un billet de cent dollars dans sa main poisseuse. Il le regardait comme si ç'avait été un miracle. Tout d'un coup, j'ai eu devant moi un Pilon absolument enchanté.

« Il doit être vrai. Je sais que c'est pas un mirage parce que je le sens dans ma main. C'est quoi ton affaire ? dit Pilon. J'en veux d'autres de ces trucs. Je sais exactement comment les dépenser.

— Il y en a encore deux cents qui suivent, dis-je.

— Hourrah ! dit Pilon. Qu'est-ce qu'il faut que je fasse ?

— T'as une voiture, hein, je crois ? dis-je.

— Ouais, une vieille Plymouth, dit Pilon. Tu la connais ma voiture, pourquoi ?

— Je voudrais te l'emprunter, dis-je.

— Fais comme si elle était à toi, mon vieux, dit Pilon. Où sont les deux cents tickets ? Je n'ai jamais gagné d'argent aussi facilement.

— Attends, ce n'est pas tout, dis-je. Il me faut encore autre chose, quelque chose à mettre dans le coffre.

— Je t'aiderai, dit Pilon. Où sont les biftons ?

— Tu ne veux pas que je te dise ce que je veux que tu m'aides à mettre dans le coffre ? dis-je.

— Pour deux cents dollars, je me fiche pas mal de ce que tu vas mettre dans le coffre, dit Pilon. Je vais t'aider. Je suis ton homme. Où c'est ? Il regardait fixement le billet de cent dollars dans sa main, l'air heureux.

— Ici, dis-je.

— Quoi ? dit Pilon, en relevant les yeux.

— Ce que je veux mettre dans le coffre, c'est toi qui l'as ici », dis-je.

Pilon a eu l'air intrigué. Il tournait ça dans sa tête dans tous les sens. Ça ne lui a pas pris longtemps. Je voyais bien qu'il se rapprochait mentalement de ce que je voulais. Et puis il y est arrivé.

« Eh, qu'est-ce qui se passe, nom de Dieu ? Tu n'es pas en train de penser à ce que je pense que tu es en train de penser ? dit Pilon. Ah, non ! Pas deux le même soir. Dis-moi que c'est pas vrai.

— C'est pourtant vrai, dis-je. La vie est bizarre. On m'a embauché pour voler un macchabée et c'est toi qui as le corps que ces gens-là veulent. Ici même.

— Et qu'est-ce qu'ils veulent faire d'un cadavre ? dit Pilon.

— Je ne sais pas, moi. Peut-être qu'ils se sentent un peu seuls. Ça les regarde et je m'en fous pourvu que dans le creux de la main j'aie un peu de fraîche qui me regarde dans les yeux. Tu as toujours envie des deux cents tickets ?

— Tu parles, dit Pilon. Je m'en fous. Il me manque déjà un cadavre pour la journée et ça ne m'a pas rapporté un cent ni même un mot de remerciement. C'est pas plus dur d'expliquer l'absence de deux corps que d'un seul. Je suis ton homme. Fais voir les deux cents tickets et fais ton choix. »

Je lui ai donné le fric.

Il était en extasc.

« Fais ton choix, dit Pilon, en faisant décrire un cercle magnanime à la main qui tenait l'argent. Fais ton choix. Tu peux prendre qui tu veux.

— Désolé, mais il va falloir que j'interrompe ton roman d'amour, dis-je. J'espère que je ne vais pas te briser le cœur ; bah, il t'arrivera bien quelqu'un pour la remplacer. Des femmes qui meurent, il y en a tout le temps.

— Oh ! non, dit Pilon. Pas elle. C'est celle que je préfère.

— Désolé, mon vieux », j'ai dit.

Il a secoué la tête.

« Je vais aller te la chercher, dit Pilon.

— Tu m'étonnes, dis-je. Tu vendrais ta petite môme pour de l'argent liquide froid et sans cœur ? Comment peux-tu faire une chose pareille ?

— Facile, dit Pilon. Elle a pas de cœur non plus. On lui a fait son autopsie pendant que tu n'étais pas là. »

Le temps guérit toutes les blessures

Pilon a fini de manger son BLT.

« Allez, on va chercher ton allongée, dit-il. Ça m'ennuie de la voir partir. C'est le plus joli cadavre que j'aie eu depuis des années.

— Tu t'en remettras. Le temps guérit toutes les blessures.

— Non, dit Pilon. Mais deux cents dollars, ça oui.

— Où est-elle ? » j'ai fait, comme si je ne le savais pas déjà. Ne me demandez pas pourquoi.

Pilon m'a désigné le réfrigérateur pour quatre cadavres dans la salle d'autopsie. « En haut à gauche », dit-il.

Je suis allé jusqu'au réfrigérateur ; j'ai ouvert la porte en haut et à gauche et j'ai commencé à faire glisser le bac.

« Non, c'est en haut à droite, dit Pilon. J'avais oublié. J'l'ai changée de place. Elle est en haut à droite.

— Je sais : il n'y a personne dans celui-là », j'ai dit. Du moins, c'est que je m'apprêtais à dire à Pilon, mais c'est lui qui me l'a dit le premier.

« Quoi ? » dit Pilon ; et il est venu jusqu'au réfrigérateur. « Il devrait y avoir un cadavre là-dedans. J'y en ai mis un il y a quelques heures. Mais qu'est-ce qui se passe, bordel de Dieu ? » Il a regardé à l'intérieur comme si le cadavre s'était caché dans un coin et qu'il allait le trouver. « Bordel de merde ! Il y avait une divorcée là-dedans quand je suis sorti chercher mon sandwich et maintenant v'là qu'elle est partie. Elle s'est tuée cet après-midi. Grimpé dans le four après avoir tourné le gaz. Où elle est partie ? Enfin quoi, elle était morte !

— Ça, ça te regarde, dis-je. Je viens de te payer deux cents dollars pour le corps d'une putain morte, et je la veux. Elle est là à gauche, hein ? T'es bien sûr ?

— Ouais », dit Pilon, en secouant la tête pour indiquer qu'il déplorait l'absence du cadavre de la divorcée. « Par ici. » Il a tiré le bac et soulevé le drap : elle était bien là. « Tu vois, t'en voilà pour deux cents dollars. Mais où qu'il est parti l'autre corps ? Il était là y a deux heures. Maintenant il est plus là. Mais enfin, qu'est-ce qui se passe, nom de Dieu, dans cette boîte ? »

Soudain, il m'est venu une idée.

Dieu merci, ça n'avait rien à voir avec Babylone.

« Attends une seconde, dis-je. Je te parie n'importe quoi que c'était son corps que les deux types ont volé tout à l'heure.

— Je crois bien que tu as raison, "L'Œil", dit Pilon. Tu as raison. C'est la seule chose qui ait pu se passer. Ils ont fauché la divorcée. Qui pouvait bien vouloir son corps ? Elle était vraiment moche, tu sais. Une soûlarde. Je ne vois vraiment pas qui ça pouvait intéresser. Elle était dans un état pas possible. À mon avis, elle s'est rendu service à elle et à tout le monde en montant dans le four. »

Intéressant ça, je me suis dit. Apparemment, il se passait plus de choses qu'il n'y paraissait. Je me suis demandé si, par hasard, les deux types ne s'étaient pas trompés de corps, si le corps qu'ils étaient venus voler n'était pas celui que j'étais en train de regarder.

Tout ça commençait à devenir compliqué.

Peut-être que, tout bien considéré, cette affaire n'allait pas être si simple qu'elle semblait au début. Tout d'un coup, je me suis senti bien content d'avoir un pistolet dans ma poche avec des balles dedans. Qui sait ? Peut-être que ce pistolet allait m'être utile.

Ouais. Il n'était pas impossible que la nuit soit longue : je ferais bien de garer mes plumes. La première chose que j'avais à faire, c'était sortir de la morgue le corps qu'on m'avait payé pour voler. Quand ces gars-là allaient s'apercevoir qu'ils avaient le mauvais corps, il se pourrait bien qu'ils reviennent chercher le bon : et à ce moment-là, ils ne seraient peut-être pas très aimables.

L'émission de Jack Benny

« Sortons ce truc-là d'ici, dis-je.

— Écoute, "L'Œil", dit Pilon. Ne parle pas d'elle comme ça, tu veux ? Être morte, elle n'aime pas plus ça que toi. D'accord ? »

J'avais fichu Pilon en pétard.

« Je suis désolé », dis-je. En fait, je n'étais pas désolé le moins du monde. Tout ce que je voulais, c'était continuer le boulot tranquille.

« Je vais chercher quelque chose pour l'emballer, dit Pilon, rasséréné.

— Où est ta voiture ? dis-je.

— Garée de l'autre côté de la rue, dit Pilon. Je la gare tout le temps de l'autre côté de la rue. »

Il a traversé la pièce en pilonnant et il a ouvert un placard. Il y avait un tas de linge sale par terre à côté d'un sac à linge plein.

« Ah, merde ! Ces fumiers m'ont piqué mon sac à linge », dit Pilon, tout en ouvrant l'autre sac pour en répandre le contenu par-dessus l'autre pile.

« Ça fait deux qu'on me pique, dit-il. Enfin, c'est ce que je vais dire à la police quand tu m'auras donné un coup de poing dans la mâchoire, que je puisse fournir un alibi potable pour cette petite fantaisie. Je leur dirai que deux voleurs de cadavres ont fait une descente dans la glacière. Je me suis bien défendu, mais ils m'ont mis K.O. Peut-être même que j'aurai une médaille et que le maire viendra me serrer ma petite main froide, froide, froide… »

On a mis le corps de la jeune prostituée dans le sac à linge sale. Pilon s'est bien débrouillé pour le plier.

« Dis donc, j'ai fait, t'as le chic pour ce genre de boulot.

— Ben, je peux, dit Pilon. J'ai reçu une montre en or l'an dernier pour mon dix millième cadavre. » Il lui a donné une petite tape sur le crâne avant de tirer les cordons qui lui fermaient le haut du sac par-dessus la tête.

« Adieu, môme, dit Pilon, tu vas me manquer.

— T'inquiète pas, j'ai fait. Un de ces quatre matins, tu la rejoindras, et t'auras tout le temps de te rattraper.

— T'es plutôt marrant, toi, comme gars, dit Pilon. Tu devrais passer dans l'émission de Jack Benny. »

« Dites, M'ame Oakland, pourriez pas m'dépanner ? »

Pilon m'a aidé à l'emporter jusqu'à sa voiture. Je souriais en la trimbalant.

Pilon m'a regardé d'un air interrogateur. « Eh ! Partage un peu qu'on rigole ! dit-il.

— Oh ! rien, je pensais, dis-je. Il sort vraiment des tas de cadavres d'ici dans des sacs à linge sale. Si ça continue comme ça, t'auras plus de corps à la fin de la semaine et pour pouvoir rester une morgue de grande ville respectable, il va falloir que t'ailles en emprunter à Oakland.

— Je me demande pourquoi j'ai posé la question », dit Pilon.

L'un aux pieds, l'autre à la tête, on était arrivés au milieu de la rue.

Pilon a ouvert le coffre de sa voiture et on a mis le corps dedans. Il a fermé le coffre et m'a donné les clés.

« Hé, dis donc, et mon pistolet ? dit Pilon. Quand vas-tu me le rendre ? Avec des voleurs de corps qui cavalent dans tous les sens dans cette saloperie de boîte, suivez mon regard, j'ai besoin de mon feu. Je me demande bien ce qui va se passer maintenant là-dedans, nom de Dieu. » De la tête, il m'a montré la morgue dont le capital-cadavres fondait à toute pompe.

« Le pistolet est compris dans les deux cents, dis-je. Je te le rendrai demain en même temps que ta voiture.

— T'es dur, toi, en affaires, dit Pilon.

— Tu veux que je te le rende, ton corps ? dis-je.

— Non, m'sieur.

— Tu as toujours été volage avec les dames, dis-je. Tu es sûr que tu ne veux pas la reprendre ?

— Elle est à toi, dit Pilon. Avec les deux cents dollars, je vais me payer du cul qui gigote. » Il est parti pour retraverser la rue, et puis, d'un seul coup, il a pilé ; facile avec son pilon. « Hé, dit-il. T'as oublié de me cogner dans la mâchoire. Mon alibi. Tu te rappelles ?

— Tu parles, j'ai dit. Amène un peu ta mâchoire ici. »

Je lui ai fichu un coup dans la mâchoire.

Sa tête a fait un bond de dix centimètres en arrière.

« Ça ira comme ça ? » j'ai dit.

Pilon se frottait la mâchoire.

« Ouais, ça ira. Merci "L'Œil".

— Y a pas de quoi. »

Il est rentré dans la morgue pilon-pilant.

La Warner

Je suis monté à l'avant de la voiture et j'ai mis la clef de contact. Tout ce qu'il me restait à faire maintenant c'était de me balader en auto quelques heures et de tuer le temps jusqu'à une heure du matin, heure de la livraison des corps au cimetière du Saint-Repos.

Avant que j'aie eu le temps de faire démarrer la voiture, une autre voiture s'est garée en face de moi et deux gars en sont sortis. Ils avaient l'air très en colère. Leur visage me disait quelque chose. Au bout d'un petit moment, je les ai reconnus : c'était les types qui, tout à l'heure, avaient fauché le corps de la divorcée.

Ils étaient vraiment en rogne.

Il y avait un troisième type au volant.

Lorsqu'ils sont sortis de la voiture, il a démarré.

Les types arquaient comme des caïds, l'air d'en vouloir, sortis tout droit d'un polar de la Warner : direction, la morgue. Ils n'avaient pas l'air de plaisantins.

L'un des types était très fort et bâti au carré.

On aurait dit un jambon sur pattes.

Pilon allait vraiment les gagner, ses deux cent cinquante dollars.

J'ai démarré.

L'express Babylone-Orion

Ça ferait vraiment bien, une scène de morgue dans Smith Smith contre les Ombres-Robots, j'ai pensé en descendant Columbus Avenue avec le corps de la fille en sécurité dans le coffre.

Je me suis imaginé que j'entrais avec Nana-Dirat à la morgue municipale de Babylone pour identifier un corps. Il faisait nuit et il y avait du brouillard quand nous avons descendu la rue qui menait à la morgue. On est arrivés au carrefour.

« Tu sais, tu n'es pas obligée d'y aller, dis-je. Ça risque d'être un peu moche. Le gars a été écrasé par un train. Il n'en reste pas grand-chose à identifier. Si tu veux, tu n'as qu'à m'attendre dehors.

— Non, dit-elle, je veux y aller avec toi. Tant qu'à faire, j'aime mieux te voir. Tu sais à quel point je t'ai dans la peau. Tu es mon homme, eh, grosse loche. Même si ce type s'est fait écraser par trois express Babylone-Orion, que veux-tu que ça me fasse à moi, tant que tu es là ? »

Nana-Dirat était vraiment toquée de moi.

« Bon, d'accord, dis-je. Mais je t'aurai prévenue.

— Tiens, même une demi-douzaine d'express Babylone-Orion pourraient bien lui être passés dessus », dit Nana-Dirat.

Quelle nana !

Il n'y avait pas meilleure secrétaire pour un privé à Babylone.

Voies de fait en collaboration

Ah, et puis merde !... Adieu Babylone.

J'ai fait demi-tour au carrefour d'Union Street et je suis reparti en direction de la morgue. J'avais beau essayer, je ne pouvais pas laisser ce vieux Pilon tout seul pour que ces brutes s'amusent avec.

La place de Pilon était libre, de l'autre côté de la rue, en face de la morgue ; alors, je me suis garé là. J'ai regardé tout autour de moi pour voir si j'apercevais la voiture des grandes brutes ; mais je ne l'ai vue nulle part. Je me suis glissé hors de l'auto comme l'ombre d'une peau de banane, et je suis entré d'un pas rapide dans la morgue : pratiquement anonyme.

J'avais la main dans ma poche de veste et je tripotais le pistolet chargé. J'étais prêt à toute éventualité et, nom de Dieu, je voulais découvrir pourquoi ces types volaient des corps à la morgue. J'allais tirer au clair ce qui se passait.

C'est pour ça que sont faits les détectives privés et, si ça m'obligeait à être un peu sec, ça ne jurerait pas dans le tableau.

J'avais traversé la moitié du hall en direction de la salle d'autopsie ; tout d'un coup, j'ai entendu le bruit de quelque chose qui s'écroule, suivi d'un gémissement. Ces fumiers étaient déjà en train de s'occuper de ce pauvre Pilon.

Ils allaient me payer ça.

Je suis resté debout derrière la porte, le pistolet à la main, prêt à bondir pour faire une belle surprise à ces types. J'ai entendu un autre gémissement et, à nouveau, le bruit d'un truc qui s'écroule. Il y a eu quelques secondes de silence, et puis un cri épouvantable :

AAAHHHHHHHHHHHHHHHHHHHHHHHHHHH !

Ce bruit venu d'enfer a été le signal de ma grandiose entrée en scène.

J'ai bondi dans la salle d'autopsie : là, m'attendait un sacré spectacle, un peu comme une espèce de carte de vœux bizarre. Tout d'abord, Pilon était assis à son bureau, une tasse de café à la main. Il était détendu et frais comme l'œil. Il n'a même pas eu l'air surpris quand j'ai voltigé dans la pièce.

« Bienvenue à la fête », dit-il, comme s'il avait été l'hôte, en me montrant d'un geste les activités qui se déroulaient dans la pièce. De nouveau, un cri à glacer les sangs : « AAAHHHHHHHHHHHHHHHHHHHH ! Me remettez pas là-dedans ! Pour l'amour du ciel ! AAAHHHHHHHHHHHHHHHHHHHHHHHHHHHHHH ! AAAHHHHHHHHHHHHHHHH ! »

Dans le coin de la salle d'autopsie, il y avait le corps de l'un des truands. Il était très inconscient. On aurait dit qu'il se préparait à hiberner.

Le sergent Rink était debout à côté de la porte ouverte d'une glacière à morts. Le deuxième truand était allongé sur le bac, les menottes aux mains. C'était lui qui poussait tous ces cris. On l'avait enfourné à quatre-vingt-dix pour cent dans le frigo à morts et il n'aimait pas ça du tout. Tout ce qu'on en voyait, c'était son visage ; on aurait dit qu'il allait tomber fou tellement il avait la trouille.

« AAAHHHHHHHHHHHHHHHHHHHH ! hurla-t-il.

— Allez, encore une fois, dit le sergent Rink. Qu'est-ce que vous avez, bordel de Dieu, à piquer des corps partout comme ça et à essayer de tabasser des employés de la morgue qui se trouvent être des copains à moi ?

— Je vous dirai tout ce que vous voulez, mais ne me mettez pas là-dedans avec les morts », dit le truand. On le comprenait. C'était pas un endroit tellement agréable.

Je n'aurais pas voulu être dans ses sabots ; qui devaient d'ailleurs commencer à refroidir.

Le sergent Rink l'a tiré un peu, jusqu'à ce qu'on aperçoive sa boucle de ceinture.

« C'est mieux comme ça ? dit-il au truand.

— Oui, merci, répondit la brute dont le visage s'éclaira soudain, soulagé.

— O.K., l'insecte. Accouche. »

Le sergent Rink avait la réputation d'être un flic très coriace et il était à cent pour cent à la hauteur de sa réputation. Vraiment, je lui tirais mon chapeau. Dommage que Babylone m'ait si complètement absorbé quand je suivais les cours de l'école de police avec lui. On aurait pu devenir collaborateurs tous les deux. L'idée me plaisait bien.

Enfin, Babylone aussi me plaisait beaucoup, alors…

Même si ça rendait la vie un peu difficile, je ne regrettais pas du tout de rêver tout le temps à Babylone.

Le sergent Rink était tellement occupé à interroger la brute qu'il n'avait pas réagi à mon entrée en voltige dans la salle d'autopsie, un pistolet à la main ; ou bien alors il avait vu que c'était moi et que ce n'était pas la peine de me prêter attention.

Mais voilà que maintenant il me regardait.

Il avait détourné son attention du gorille qui venait de se transformer en canari.

La brute a entamé une phrase : « J'ai été engagé…

— Ta gueule, toi, le cafard », dit le sergent Rink, en faisant attention à moi. Le « cafard » a fermé sa gueule. Il n'avait pas envie de passer la nuit dans le congélateur avec les rares corps qu'il restait encore à la morgue et qui s'étaient débrouillés pour ne pas se faire voler ce soir-là.

« Salut, Card, dit Rink. C'est pour quoi faire le pétard ? Et d'abord, qu'est-ce que tu viens foutre ici ?

— Ben, je passais voir Pilon comme ça, et j'ai entendu de grands bruits. Je me suis dit qu'il devait se passer quelque chose parce que c'est des morts qu'on garde ici en général, des gens qui ne fichent pas la pagaille ; alors je suis entré, prêt à intervenir. Qu'est-ce qui se passe ? » dis-je, en priant Dieu pour que Pilon ne se soit pas mis à table et n'ait pas raconté que j'étais l'un de ceux qui avaient emporté un corps tout frais pour le mettre allégrement dans le coffre d'une voiture.

— Mis la main sur des vampires, là, tu vois, dit Rink. Ils ont fauché deux corps à Pilon et puis ils sont revenus et ils ont essayé de le tabasser pendant qu'ils en piquaient d'autres. Ces fils de pute. Alors depuis un moment je leur fais un cours sur le thème “Le Crime ne paie pas”. »

Il a négligemment repoussé le truand dans le réfrigérateur jusqu'à ce qu'on ne voie plus que ses yeux : ils nous regardaient fixement.

Commentaire hurlé du truand qu'on repoussait dans le réfrigérateur :

« AAAHHHHHHHHHHHHHHHHHHHHHH !

— Tu vois, le crime ne paie pas », dit Rink au truand en enfonçant complètement le bac dans le compartiment et en fermant la porte. En entendait les cris étouffés qui sortaient du réfrigérateur :

« Aaahhhhhhhhhhhhhhhhhh... aaahhhhhhhhhhhhh... aaahhhhhhhhhhhhhhhhhhhhh... »

Le sergent Rink est venu vers nous se verser une tasse de café-morgue. « Je vais le laisser là-dedans cinq minutes. Qu'il se calme un peu. Ce fumier ne volera plus de cadavres quand j'en aurai fini avec lui, je vous garantis. »

Rink a bu une gorgée de café.

Il n'a même pas fait la grimace.

La vache, c'était vraiment un flic coriace.

On continuait d'entendre des cris étouffés qui sortaient du congélateur.

« Aaahhhhhhhhhhhhhhhhhhhh… »

… et ainsi de suite.

Ça n’avait pas l’air de déranger Pilon ni Rink ; alors, moi, je n’y ai pas fait attention non plus.

Aujourd'hui, c'est mon jour de veine

J'ai pris une tasse, et j'ai bu un peu de café avec Pilon et le sergent Rink pendant que la brute continuait à hurler, bien rangée sur son bac dans le réfrigérateur municipal.

« Juste avant que tu ne bondisses dans la pièce, j'étais en train de dire au sergent Rink – au fait, merci, hein, "L'Œil", merde, c'est vrai, si le sergent n'était pas venu, tu m'aurais sauvé la mise – que ces types m'avaient volé deux corps aujourd'hui, dit Pilon. Je ne vois vraiment pas ce qu'ils voulaient foutre de deux corps. Ils se préparaient encore à me tabasser quand le sergent est arrivé. Tu parles d'un coup de pot ! Aujourd'hui, c'est mon jour de veine. »

Pilon m'a regardé droit dans les yeux en disant « jour de veine ». J'ai apprécié. Évidemment, deux cent cinquante dollars dans la poche, c'est pas de la bibine.

« Je vais savoir pourquoi ces types ont piqué les corps, dit le sergent Rink. Je vais laisser notre ami au frigo le temps de finir mon café. Après, il sera prêt à parler et je ne pense pas qu'il aura encore envie de faucher des cadavres. Ce putain de profanateur de merde rentrera dans le droit chemin. »

Ses cris continuaient à se dégager du frigo. Ça

n'arrêtait pas. On aurait dit que le type devenait dingue là-dedans.

« Tu ne vois pas du tout pourquoi ces gars-là voulaient te soulever des macchabées, hein ? dit le sergent Rink à Pilon.

— Vraiment pas la moindre idée, dit Pilon. À mon avis, c'est rien que des vampires à la con. Il serait fier, tiens, Bela Lugosi, s'il connaissait ces branleurs.

— Qu'est-ce qu'ils t'ont pris comme corps ? dit Rink.

— Deux femmes, dit Pilon. Une divorcée qui s'était suicidée, pas une grosse perte, et le corps de cette putain assassinée que tu m'avais apportée.

— Ah, bon ! Celle-là, hein ? dit le sergent. Elle était pas mal comme femme. Dommage. Alors comme ça, ces connards ont fauché son corps. Mais dites donc, ça devient intéressant tout ça ! »

Le truand vampire continuait à hurler dans sa glacière.

« J'ai l'impression qu'il est presque à point, dit Rink. Je ne crois pas que je vais avoir grand mal à lui faire dire la vérité. »

L'autre truand continuait d'hiberner dans un coin sur le plancher. Il était inconscient comme c'est pas possible. Quand Rink les envoie dans les pommes, ils y restent.

Du réfrigérateur, il sortait toujours des « aahhhhhhhhhhhhhhhhh... aaahhhhhhhhhhhhhhhhhhh... aaahhhhhhhhhhhhhhhhhhh ».

Le sergent Rink a repris une gorgée de café.

Le désert du Sahara

C'est à peu près sur ces entrefaites que le troisième truand est entré, peinard, dans la salle d'autopsie, chercher ses potes voleurs de cadavres. Il a été accueilli par le spectacle de l'un de ses copains affalé dans un coin en un tas extrêmement inconscient, et il a entendu les cris étouffés de son autre associé qui sortaient de la glacière.

Le truand est devenu pâle comme un linceul.

« M'suis trompé de pièce », dit-il. Les mots étaient très secs quand ils sont sortis de sa bouche. On aurait dit le désert du Sahara qui parlait.

« Oh, pardon », dit-il, en faisant demi-tour avec beaucoup de difficulté pour se diriger d'un pas inégal vers la porte : ce sanctuaire devait lui sembler distant d'un ou deux millions de kilomètres.

Ce truand vivant et en bonne santé venait d'être transformé en silhouette de truand en carton.

« Attends une seconde, citoyen, dit le sergent Rink (il a siroté un peu de café, l'air décontracté). Et tu crois que tu vas où comme ça, hein, grand con ? »

Le truand s'est arrêté pile, ou en mourant, selon qu'on pense à l'employé des lieux ou à l'endroit lui-même.

« Je dois m'être trompé d'adresse », dit-il saharatement.

Le sergent Rink a très lentement secoué la tête.

« Vous voulez dire que je suis bien au bon endroit alors ? » dit le truand, sans même se rendre compte de ce qu'il disait : il avait le cerveau hypnotisé par la peur.

Le sergent Rink a fait « oui » de la tête : « oui », c'était ça : il était bien au bon endroit.

« Assieds-toi, enculé », dit le sergent, en lui montrant une chaise à l'autre bout de la pièce, à côté du truand endormi qui ressemblait à un ours.

« L'enculé » a commencé à dire quelque chose, mais le sergent Rink a secoué la tête : « non ». Le truand a poussé un immense soupir à gonfler les voiles d'un clipper. Il a commencé à marcher d'un pas très incertain, comme s'il avait été sur le pont d'un navire dans la tempête, en direction de la chaise.

Les cris sortaient toujours du réfrigérateur :

« Aaahhhhhhhhhhhhhhh... aaahhhhhhhhhhhh... aaahhhhhhhhhhhhhhhhhhhhhhhhh... »

« Attends un seconde, dit Rink au truand. T'as un soufflant ? »

Le truand s'est arrêté pile et il n'a plus bougé, comme s'il avait été gelé. Il contemplait la glacière d'où sortaient les cris. Il avait l'air d'être dans un rêve. Il a doucement fait « oui » de la tête : « oui », il avait un pistolet.

« C'est pas gentil ça, mon p'tit gars, dit le sergent Rink d'un ton paternel ; mais on aurait dit la voix d'un père qui avait une entreprise de fourches en enfer. Je parierais qu'en plus tu n'as pas de permis de port d'arme. »

De la tête, le benêt au pistolet a fait que non, il n'avait pas de permis. Et puis il a dit, en parlant avec difficulté : « Pourquoi il est là-dedans ?

— Tu veux l'y rejoindre ?

— NON ! » a hurlé le malfrat.

Il était absolument certain de ne pas vouloir aller dans le réfrigérateur avec son camarade et il l'a bien fait savoir.

« Bon, alors sois gentil et je ne te mettrai pas avec les macchabées. »

Le truand a fait « oui » de la tête de façon extrêmement appuyée pour dire que, oui, il allait être gentil.

« Retire le pistolet de ta poche très doucement et ne le pointe sur personne. Parfois il arrive que les pistolets partent tout seuls et on n'a pas envie qu'il arrive une chose pareille, parce que quelqu'un pourrait être blessé et alors là, moi, du coup, je connais quelqu'un qui passerait ses vacances scolaires dans le réfrigérateur avec les allongés. »

Le malfrat a sorti un calibre 45 très doucement de sa poche, si doucement qu'il m'a fait penser à quand on essaie de faire couler du sirop d'érable très froid d'une bouteille.

Le sergent est resté assis tranquillement, sa tasse de café à la main. Ce client-là était vraiment supercalme ; dire que j'aurais pu devenir son collaborateur si Babylone n'avait pas pris le dessus.

« Apporte le pistolet ici », dit le sergent.

Le truand a apporté le pistolet au sergent.

Il tenait le calibre 45 comme une petite fille scoute tient sa boîte de gâteaux secs.

« Passe-moi le pistolet. »

Il a passé le pistolet au sergent.

« Maintenant, tu vas aller poser ton cul sur cette chaise, là-bas, et je ne veux pas t'entendre, dit Rink. Je veux que tu deviennes une véritable statue. Tu m'as bien compris ?

— Oui. »

C'était un « oui » qui avait vraiment l'air de vouloir aller s'asseoir et se changer en statue vivante.

Le truand a emporté son « oui » jusqu'à la chaise à côté de son poteau endormi et s'est assis. Il a fait exactement ce que le sergent lui avait dit de faire et s'est transformé en statue du crime couronné par l'échec. Il a fait face marbrement à la glacière. Il est resté assis, là, à la regarder, et à écouter les cris qui en sortaient.

Les « aaahhhhhhhhh !!! aaahhhhhhhh !!! aaahhhhhh !!! aaahhhhhhhhh !!! » nous parvenaient maintenant en halètements brefs.

« Tu vois, c'est bien vrai ce que dit "L'Ombre", dit le sergent Rink. Le crime ne paie pas. »

« Aaahhhhhhh !!! aaahhhhhhh !!! ahhh !!!! aaahhhhh !!»

« J'ai dans l'idée que ce couillon est prêt à chanter maintenant, dit Rink. Je vais tirer tout ça au clair. C'est pas normal qu'il se passe tant de trucs passionnants dans une morgue. La municipalité de San Francisco ne peut pas se permettre qu'on fasse les poches à ses cadavres. Ça donne mauvaise réputation à la ville auprès des morts. »

Les « aaahhhh!!! aaahhhh !! aaahhhh!!! aaahhhh!!! » sortaient toujours du réfrigérateur.

« Dites, les gars, il y a un opéra que vous avez spécialement envie d'entendre ? dit le sergent.

— *La Traviata*, j'ai dit.

— *Madame Butterfly*, a dit Pilon.

— Voilà, ça vient », a fait Rink.

La pétoche d'Edgar Allan Poe

Il n'y a pas de mots qui puissent décrire la tête que faisait le truand quand le sergent Rink l'a tiré du réfrigérateur. D'abord il a à peine entrouvert. On voyait juste les yeux du gars. On aurait dit qu'Edgar Allan Poe leur avait filé la pétoche à tous les deux.

Il n'a pas arrêté de hurler tout le temps que le bac est sorti ; et ça a mis le temps.

Il a fait « AAAHHHHHHH ! AAAHHHHHHH ! AAAHHHHHHH ! AAAHHHHHHH ! » en nous jetant des regards de bête avec ses yeux affolés.

« Ta gueule, dit Rink.

— AAAH... » : le truand a complètement fermé sa gueule, comme si on lui avait laissé tomber un mont Everest invisible sur la bouche.

L'expression de ses yeux est passée d'une terreur poesque à une dimension incroyable de supplication silencieuse : on aurait dit qu'il était en train d'implorer un miracle du pape.

« Ça te plairait de sortir un peu plus dans le monde des vivants ? » dit Rink.

Le truand a hoché la tête et des larmes lui ont jailli des yeux.

Le sergent a tiré sur le bac jusqu'à ce que le visage entier devienne visible. Il l'a tiré très doucement.

Alors il s'est arrêté de tirer et il est resté là, à fixer le truand anéanti. Un sourire de bienveillance s'est insinué sur les traits de Rink. Il a donné une petite tape affectueuse de la main sur la joue du truand terrifié.

Maman Rink.

« Prêt à chanter ? »

Le truand a hoché la tête.

« Je veux tout savoir, depuis le début, ou alors tu y retournes ; et la prochaine fois, je ne te laisserai peut-être pas sortir. De plus, je suis parfaitement capable d'embaumer vivant une saloperie de rat comme toi. Tu piges ? »

Maman Rink.

Le truand a de nouveau hoché la tête.

« Parfait, alors vas-y, raconte.

— Je ne sais pas où elle a pu se mettre toute cette bière, a commencé à dire le truand d'un ton hystérique. Elle a bu dix bières et elle n'est pas allée une seule fois aux toilettes. Elle a continué à boire de la bière, comme ça, sans aller aux toilettes. Vachement maigre qu'elle était en plus. Il n'y avait pas la place pour toute cette bière dans son corps, mais elle n'a pas arrêté d'en descendre. Elle a bu au moins dix bières. Y avait pas la place pour tout ça ! a-t-il hurlé. Pas la place !

— Et qui c'était, ça ? dit le sergent.

— La femme qui nous a embauchés pour voler le corps. Elle buvait de la bière. Bon Dieu, j'ai jamais rien vu de pareil. La bière disparaissait sans arrêt.

— Qui c'était ? dit Rink.

— Elle nous a pas dit. Elle voulait le cadavre, c'est tout. Personne n'a posé de questions. Bien payé qu'c'était. On savait pas que tout ça allait arriver. C'était une nana pleine aux as. Mon père m'avait bien dit de ne jamais avoir d'histoires avec des nanas à fric. Regardez-moi. Je suis dans une glacière pleine de morts. Je les sens. Y sont morts. Mais pourquoi je l'ai pas écouté, Bon Dieu ?

— T'aurais dû écouter ce que te disait ton père », dit Rink.

Juste à ce moment-là, le truand qui était allongé dans le coin a commencé à revenir à lui. Le sergent a jeté un coup d'œil à la statue de truand qui était assise sur une chaise au-dessus de lui.

« Ton pote se réveille, dit-il au truand. Fous-lui un coup de pied dans la tête pour moi, tu veux ? Il faut encore qu'il se repose. »

Le truand, sur sa chaise, sans se lever parce qu'on ne lui avait pas dit qu'il pouvait, a donné un coup de pied dans la tête de l'autre truand. Il s'est rendormi.

« Merci », dit Rink ; et il a recommencé à cuisiner le truand qui était attaché par des menottes sur le bac. « Tu ne vois pas pourquoi elle voulait le corps ?

— Non, elle a rien dit ; elle a pas arrêté de boire de la bière. Le boulot était bien payé. J'savais pas que tout ça allait arriver. On devait voler un cadavre, c'est tout.

— Elle était seule ? dit Rink.

— Non, elle avait un garde du corps genre chauffeur, avec un cou énorme, une vraie bouche d'incendie. On est venus ici et on a pris un corps, mais c'était pas le bon, alors on est revenus chercher le bon, mais il était pas ici. On voulait pas vraiment lui faire de mal à votre copain qu'a qu'une patte. On voulait juste lui secouer un peu les puces, histoire de bien récupérer le bon macchab.

— C'était lequel que vous vouliez ? dit Rink.

— La pute qui s'est fait démolir aujourd'hui.

— C'est toi qui l'as descendue ?

— Non ! Non ! Oh, bon Dieu, non ! » dit le truand. Il n'appréciait pas du tout la question.

« Utilise pas le mot Dieu par ici, tu veux, sale petit con, ou je te refourre dans le congélateur. »

Le sergent était un catholique irlandais qui allait à la messe tous les dimanches.

« J'vous d'mande pardon ! J'vous d'mande pardon ! dit le truand. Ne me remettez pas là-dedans.

— Bon, j'aime mieux ça, dit Rink. Combien vous avez pris de corps ici, les gars ?

— Rien qu'un. C'était pas le bon. Une bonne femme quelconque. On l'a prise à la place de la pute ; alors on est revenus chercher la bonne, mais elle était plus là. On lui aurait pas fait de mal à votre copain. C'est tout ce que je sais. Je vous promets.

— Tu es sûr que tu ne me caches rien ? dit Rink.

— Non, je vous jure, je mentirais pas, dit le truand.

— Alors, comme ça, les gars, vous n'avez pris qu'un corps, hein ?

— Ouais, une morte. Et pas la bonne.

— Il manque deux corps, dit le sergent. Qui a piqué le corps de la pute ?

— Puisqu'on avait été payés pour faucher le corps de la pute, si on l'avait sortie de là, vous croyez qu'on aurait été assez cons pour revenir chercher son corps si on l'avait déjà ? » dit le truand ; là, il faisait une bêtise.

Rink n'a pas beaucoup apprécié ce ton-là.

Il a ré-enfourné le gars d'une quinzaine de centimètres dans la glacière.

Son geste a eu des effets prévisibles.

« AAAHHHHHHHH ! NON ! NON ! NON ! s'est mis à hurler le minable. Je vous dis la vérité ! On n'a pris qu'un corps ! Vous pouvez le reprendre !

— C'est intéressant, ça, dit le sergent. On dirait qu'il y a comme une épidémie de vols de cadavres à San Francisco.

— Tu es sûr que ce type dit la vérité quand il prétend ne pas avoir soulevé les deux refroidies ? » dit Pilon, en mettant son grain de sel. Parce que, c'est vrai, qui veux-tu qui rentre ici le même soir pour voler un autre corps ? Je travaille ici depuis 1925, et c'est la première fois qu'on prend un corps, et il y a une chance sur un million pour qu'il y en ait deux de volés par des gens différents le même soir. T'as qu'à remettre ce fils de pute au frais dans le machin pour qu'il dise la vérité. »

En entendant cette remarque, le truand a fait : « AAAHHHHHHHHHHHHHHH ! »

« Non, il dit la vérité, dit Rink. Je vois bien quand

un type me dit la vérité, et ce fumier-là ne ment pas. Regarde-le. Tu crois vraiment que ce tas de merde tremblottante est encore en état de mentir ? Non, penses-tu ; pour la première fois de sa vie, je suis arrivé à lui faire dire la vérité.

— Alors, je sais pas ce qui se passe, moi, bordel, dit Pilon, en faisant semblant de s'emballer. Y a peut-être un autre dingue en liberté dans San Francisco. Tout ce que je sais, moi, c'est qu'il me manque deux macs et il faut absolument que tu marques dans ton rapport que je veux qu'on me les rende.

— D'accord, Pilon, dit Rink. Calme-toi. Ces types ont pris le corps de la divorcée ; t'en as donc déjà récupéré un.

— T'as raison, dit Pilon. C'est toujours mieux d'en récupérer un que d'en avoir perdu deux. J'ai besoin de morts, moi, pour gagner ma vie.

— Je sais, je sais », dit le sergent, en allant jusqu'au bureau se verser encore un peu de café. Il a laissé le truand allongé où il était avec la moitié du visage au jour. Le truand n'a pas émis l'ombre d'un commentaire sur son sort. Il n'avait pas envie de foutre par terre ses acquis et de se retrouver tout seul et dans le noir avec des morts pour toute compagnie. Il savait que le mieux est l'ennemi du bien.

Le sergent Rink a bu une gorgée de café.

« Tu vois pas qui pourrait avoir intérêt à ce que tu te retrouves avec un corps en moins, hein ? dit Rink à Pilon, Tu n'as rien remarqué d'anormal dans le coin ces jours-ci, hein ?

— Mais non, bordel, dit Pilon. C'est plein de cadavres ici, et je veux qu'on me rende ma pute.

— Bon, bon, dit le sergent Rink. Je vais voir ce que je peux faire. »

Il s'est tourné vers moi, l'air de rien.

« Tu es au courant de cette histoire, toi ? dit-il.

— Mais non, bon Dieu, comment voudrais-tu que je le sois ? Je passais juste dire bonjour à mon vieux copain Pilon et prendre un café avec lui. »

Le truand allongé dans un coin a recommencé à retrouver ses esprits. Il s'est mis à palpiter comme un papillon ivre.

« Il était pas assez fort ton coup de pied », dit Rink à la statue de truand assise à côté de lui.

Bien obéissante, la statue lui a envoyé un coup de pied vraiment fort dans la tête. Le truand papillon est redevenu inconscient.

« Merci », dit le sergent Rink.

Le labrador qui rapporte les morts

Je me suis mis à réfléchir à mon rôle dans tout ça et je me suis rapidement résumé où j'en étais, en tenant compte des réponses que le sergent Rink avait obtenues du truand allongé dans son bac.

En d'autres termes, je pensais à ma cliente : la belle femme riche qui descendait si bien la bière. Elle avait embauché ces truands à la petite semaine pour faire la même chose que moi : faucher ce corps. Ça n'avait pas de sens. On s'était pratiquement rentrés dedans en volant un cadavre, et le gars qui était allongé dans le bac les menottes aux poignets avait sans aucun doute écopé plus qu'il ne s'y attendait.

Rink est retourné vers la dalle pour le cuisiner encore un peu.

« T'es bien ? dit-il d'un ton maternel.

— Oui », dit le truand, filial.

Qu'est-ce que vous vouliez qu'il dise ?

« Tiens, attends, je vais te mettre un peu à l'aise », dit Maman Rink.

Le sergent a tiré le bac jusqu'à ce qu'on voie la poitrine du truand.

« T'es à l'aise ? »

Le truand a lentement hoché la tête.

« Bon, alors, qu'est-ce que tu devais faire du corps

de cette nom de Dieu de pute ? Qu'est-ce qu'elle voulait que vous en fassiez, la nana pleine de fric ?

— Il fallait qu'on téléphone dans un bar à dix heures, qu'on demande un certain Mr. Jones ; c'est lui qui devait nous dire ce qu'on avait à faire à ce moment-là, le truand a chanté comme un enfant de chœur.

— Qui c'est, Mr. Jones ? dit Rink.

— Le type avec le cou en bouche d'incendie, dit le truand.

— T'es un bon p'tit gars, dit le sergent. Comment il s'appelle ce bar ?

— L'Oasis-Club, dans Eddy Street.

— Il est maintenant onze heures », dit Rink.

Il est allé au téléphone sur le bureau où Pilon était assis. Il a fait les renseignements et puis après il a appelé l'Oasis-Club. « Je voudrais parler à Mr. Jones. » Il a attendu un petit moment et puis il a dit : « Merci », et il a raccroché le téléphone. Il est revenu vers le réfrigérateur.

« Il n'y a pas de Mr. Jones là-bas. C'est pas que tu voudrais encore aller passer un moment avec les macs, des fois ?

— Non ! Non ! dit le truand. Il en avait peut-être marre d'attendre. Il a dit que si on ne l'appelait pas, on arrêtait tout, qu'il considérerait qu'on avait pas réussi à récupérer le corps. Il a dit aussi autre chose.

— Ah ! oui, quoi ? dit Rink.

— Il a dit : “Pas de conneries”. Il avait pas l'air de plaisanter.

— T'aurais dû l'écouter parce que vous avez complètement déconné, les gars.

— On a fait ce qu'on a pu. Comment on pouvait savoir qu'on prenait pas le bon corps ? Ils nous ont dit sur quelle dalle il se trouvait et tout. C'est vrai, quoi, comment vouliez-vous qu'on se trompe ?

— Ça, c'est pas dur, dit Rink. Bande de clowns, je ne vous engagerais même pas pour aller promener mon chien. »

Alors Rink s'est retourné vers Pilon.

« Je me demande comment ceux qui ont engagé ces brutes ont su dans quel bac se trouvait le corps, dit-il.

— Ben, de toute évidence, ils ne savaient pas, dit Pilon. Parce qu'ils ont fauché le mauvais. Tiens, à propos de mauvais corps : je veux qu'on me rapporte ma suicidée de divorcée soûlarde, et en vitesse.

— Où est le corps ? dit Rink au truand qui était assis sur la chaise à côté de son ami fraîchement reparti dans l'inconscience.

— Je peux parler ? » dit le truand. Il ne voulait absolument rien faire qui risque d'énerver le sergent. Il avait envie que les choses restent comme elles étaient, parce que lui, il n'était ni sur un bac les menottes aux poignets, ni allongé inconscient par terre.

« T'es en train, dit Rink. Tu viens de me répondre.

— Ah ! oui, tiens, c'est vrai, dit le truand, tout étonné d'entendre sa propre voix. Qu'est-ce que vous voulez ? dit-il, en faisant un nouvel essai.

— Y a pas qu'la connerie qu'est congénitale dans

ta famille : la surdité aussi, hein ? Je veux savoir où est le corps, eh, trou du cul, dit Rink.

— Dans le coffre de notre voiture.

— Et où elle est la voiture ?

— Garée au coin, dit le truand.

— Bon, va chercher le corps, dit Rink.

— D'accord. Et après ?

— Comment ça, "et après ?" Ben tu le rapportes ici, tiens, connard, dit le sergent.

— Vous voulez dire que vous allez me laisser sortir d'ici tout seul ? » dit le truand, abasourdi. Il n'en croyait pas ses oreilles.

« Et pourquoi pas ? dit Rink. Va le chercher. T'es pas malin, mais je crois pas que tu sois assez dingue pour essayer de me larguer. Je suis un type méchant. T'as pas intérêt à m'échauffer. Tu commences à me plaire ; alors, va me chercher ce putain de corps tout de suite.

— D'accord », dit le truand, avec l'air de s'excuser. Je ne sais pas pourquoi il a eu l'air de s'excuser, mais il a eu l'air de s'excuser. On ne peut jamais parier sur le comportement d'un être humain.

Quelques instants plus tard, il est revenu, en traînant le sac à linge sale qui contenait la divorcée défunte. Il ressemblait de façon étonnante à un Labrador qui rapporte un canard à son maître.

« Tu es un gars épatant, dit Rink. Donne ce corps à Pilon et repose-toi le cul sur la chaise.

— Merci, chef, dit le truand.

— Tiens, voilà un corps pour toi, Pilon, dit Rink. Ça fait une affaire de classée. »

Soirées dansantes

Pilon jouait admirablement son rôle. Quel bon pote. Évidemment, les deux cent cinquante dollars en liquide, ça ne faisait pas de mal. Un gars qui n'a qu'une guibolle peut se payer des tas de soirées dansantes à San Francisco avec une somme pareille.

« Bon, eh bien il faut que je m'en aille, dis-je. Tout ça c'est passionnant, mais faut que j'aille gagner ma croûte.

— Tu rigoles, non ? » dit le sergent Rink ; et puis il a poussé une espèce de soupir. « T'aurais pu faire un bon inspecteur, Card, si t'avais pas tout le temps été en train de rêvasser. Enfin… »

Il a laissé tomber.

Je l'avais toujours beaucoup déçu.

Rink ignorait que je passais une grande partie de ma vie à Babylone. À ses yeux, je n'étais qu'un minable qui rêvassait. Je ne faisais rien pour le détromper. Je savais qu'il ne comprendrait rien à Babylone si je lui expliquais. Il n'avait pas la tête faite comme ça, c'est tout ; alors moi, je ne disais rien. Il me prenait pour un minable et puis voilà ; je m'en fichais, Babylone, c'était quand même vachement mieux que d'être flic et d'avoir à guerroyer contre le crime en respectant des horaires.

Je me suis dirigé vers la porte. Dans la voiture, j'avais un corps à livrer, et il allait d'abord falloir que je fasse un tour pour réfléchir à tout ça. Les choses s'étaient un petit peu compliquées depuis l'entrée en scène des trois truands. Il me fallait le temps de passer tout ça en revue. C'était pas le moment de faire une fausse manœuvre.

« À plus tard, "L'Œil", dit Pilon.

— Cherche pas les emmerdes et débrouille-toi pour être un peu moins minable », dit Rink.

J'ai jeté un coup d'œil au truand avec les menottes sur sa dalle.

Il était allongé là, à contempler le plafond.

Pour lui, ça n'avait pas été une très bonne journée.

Le truand sur sa chaise était assis là ; à le regarder, on aurait dit qu'il s'était fait prendre culotte baissée à un pique-nique de bonnes sœurs.

Le troisième truand était allongé par terre à côté de lui.

La compagnie d'électricité lui avait coupé la lumière parce qu'il ne payait pas ses factures.

J'ai l'impression que quand il allait revenir à lui, il réfléchirait à deux fois avant de reprendre sa profession de truand ; sauf s'il aimait dormir par terre dans les morgues, naturellement.

L'aveugle

La voiture m'attendait, garée de l'autre côté de la rue, en face de la morgue, avec le corps de la putain assassinée dans le coffre. Ce corps-là, c'était mon reçu pour cinq cents dollars de mieux ; mais les choses s'étaient un peu compliquées.

Pourquoi la nana pleine de fric qui buvait de la bière avait-elle embauché ces trois truands pour voler le même corps que moi ? Ça n'avait pas de sens. En faisant ça, ils avaient transformé toute l'affaire en comédie de cinéma muet où tout le monde se cogne dans tout le monde et où tous les personnages se cassent la figure ; mais le résultat n'avait pas été si drôle que ça pour les truands qui se trouvaient à la morgue.

Le sergent Rink avait transformé leur existence en enfer. J'ai frissonné en pensant à ce pauvre fils de pute qu'on avait mis tout vif au frigo. Je n'ai pas l'impression que c'était son genre de distraction. Je pense qu'il aurait autant aimé aller voir un match de base-ball ou faire carrément autre chose.

Mais j'avais assez perdu de temps à penser à ces branleurs. J'avais des choses plus importantes en tête. Qu'est-ce que j'allais faire de ce nom de Dieu de corps ? Les truands étaient censés entrer en contact avec le Cou à dix heures dans un bar, mais il n'y était pas quand le sergent Rink avait appelé.

J'avais rendez-vous avec la riche buveuse de bière et le cou au cimetière du Saint-Repos à une heure du matin. Maintenant, il fallait que je décide ce que j'allais faire. Fallait-il que j'aille au rendez-vous ?

C'était ma seule chance de récupérer les cinq cents dollars et de pouvoir m'offrir un bureau, une secrétaire, une voiture, de changer mon mode de vie. Ils m'avaient déjà payé cinq cents dollars pour mes frais. J'avais encore les cinq cents dollars ; donc, de toute façon, je m'en sortais bien, quoi qu'il arrive.

Ce serait peut-être aussi bien d'emporter le corps et d'aller le balancer dans la baie, de ne pas aller du tout au rendez-vous : comme ça, je serais cinq cents dollars plus près du minimum vital de dignité humaine. Pour cette somme-là, je pourrais sans doute m'offrir un bureau, une secrétaire et une voiture quelconques en faisant bien attention à mes sous et en veillant à tirer le maximum de chaque cent. Ça ne serait pas somptueux, bien sûr, mais au moins, ça serait quelque chose.

Je ne savais pas du tout quel genre de bricoles il allait m'arriver si j'allais au rendez-vous. Des gens normaux n'embauchent pas deux équipes de types différentes pour aller voler un même corps à la morgue. Ça n'avait vraiment aucun sens et je ne pouvais absolument pas savoir à l'avance ce qui se passerait si j'allais au cimetière à l'heure dite.

Si ça se trouve, ils ne seraient même pas là.

Pour autant que je sache, ils pouvaient tout aussi bien être en Chine en ce moment ; mais, s'ils venaient au rendez-vous, j'avais toujours mon pistolet, histoire de les gêner un peu s'ils essayaient de m'embarquer dans une combine bizarre. Ce Cou était un être humain effrayant. Je n'avais vraiment aucune envie de me colleter avec lui ; mais, en revanche, j'avais une demi-douzaine de morceaux de plomb à lui balancer. Je n'étais pas mauvais tireur et ce serait difficile de le louper.

Donc, j'avais le choix : la certitude de m'en sortir avec cinq cents dollars, ou bien une chance d'en gagner cinq cents de plus à des individus bizarroïdes : une femme riche qui pompait la bière à tout-va et un chauffeur avec un cou gros comme un troupeau de buffles.

Au moins, j'avais le choix.

Deux jours avant, j'en avais été réduit à me cogner dans un mendiant aveugle et à lui faire tomber sa sébile des mains. Je lui avais ramassé ses pièces sur le trottoir ; il lui manquait cinquante cents quand je lui ai rendu sa sébile. J'ai l'impression que c'était un aveugle très clairvoyant parce qu'il a commencé à me hurler : « Et les autres sous, où qu'y sont ?! Y m'en manque ! Rends-moi mon argent, toi, espèce de saloperie de voleur ! »

Il avait fallu que je décampe vite fait.

Donc, ce à quoi j'étais en train de penser maintenant était vachement plus intéressant que les choses auxquelles je pensais avant.

Il n'y a pas tellement de mendiants aveugles que ça à San Francisco, et les nouvelles vont vite.

B.A.B.Y.

Mais qu'est-ce que j'ai à perdre, bordel ? j'ai pensé en tournant la clef de contact. J'étais décidé. J'allais livrer le corps. Il était maintenant un peu plus de onze heures et j'avais encore du temps à tuer avant d'aller à mon rendez-vous au cimetière du Saint-Repos. Ce qui fait que j'ai décidé de faire un petit tour en voiture. J'ai regardé la jauge d'essence : le réservoir était aux trois quarts plein. Ça allait être marrant. J'ai fait démarrer le moteur et je suis parti.

J'ai pris la direction de la Marina.

J'ai branché la radio.

En un rien de temps, je me suis retrouvé en train de chantonner une chanson à la mode que je n'avais encore jamais entendue. J'ai l'oreille très musicale. Je me rappelle vite les airs. C'est l'un de mes dons. Dommage que je n'aie jamais appris à chanter ou à jouer d'un instrument de musique. J'aurais pu aller loin, atteindre la gloire même, si je m'étais lancé.

Je me sentais en pleine forme.

J'avais pris ma décision.

J'étais en train d'écouter de la bonne musique.

Et j'avais le corps d'une putain morte dans le coffre. Qu'est-ce qu'un gars pouvait demander de plus dans cette période troublée ? Enfin, quoi, c'est vrai : le monde était en guerre mais, pour moi, tout se passait bien. Je n'avais pas à me plaindre. C'était vraiment ma journée.

En remontant Columbus Avenue en direction de la Marina, j'ai imaginé que j'étais un grand chef d'orchestre à Babylone et que j'avais ma station de radio à moi.

« Bonjour, bonjour à tous. Vous êtes à l'écoute de la station B.A.B.Y. qui s'adresse à vous du haut des Jardins Suspendus de Babylone. Nous avons le grand plaisir de vous présenter ce soir C. Card et son Grand Orchestre, dirait le speaker. Et voici maintenant... C. Card ! »

Et moi, je dirais : « Bonsoir, bonsoir à tous les amateurs de swing à Babylone ! Au micro C. Card, l'homme qui vit pour la musique, qui va jouer pour vous maintenant de quoi illuminer vos rêves ; et pour commencer cette soirée, nous allons écouter Mademoiselle Nana-Dirat, le rossignol des plaisirs interdits, qui va nous interpréter "Quand des yeux d'Irlandais nous sourient". »

Je tirais vraiment le plus grand plaisir possible de la radio. Enfin. Jusqu'à ce que je remarque que j'étais suivi par une voiture.

P'tite Daube

La voiture en question était une conduite intérieure Plymouth noire 1937 avec quatre Noirs à bord. Ils étaient très, très noirs et portaient tous des costumes sombres.

Cette voiture, on aurait dit un morceau de charbon avec des phares ; et manifestement, elle me suivait.

Qui c'était ces types ?

Qu'est-ce qu'ils venaient faire là-dedans ?

Mes quelques instants de bonheur radiophonique avaient été complètement ravagés. Pourquoi la vie n'est-elle pas aussi simple qu'elle le devrait ?

Le feu était rouge au carrefour suivant. Je me suis arrêté et j'ai attendu qu'il passe au vert.

La Plymouth noire pleine de Noirs s'est arrêtée à côté de moi et la vitre avant droite s'est baissée. L'un des Noirs s'est penché et m'a dit d'une voix assez grave pour passer à l'émission d'Amos'n Andy : « On a besoin de ce corps. Gare-toi et donne-le-nous ; sinon on te transforme en petite daube à coups de rasoir.

— Vous devez carrément vous tromper, dis-je par ma vitre à moitié baissée. Je ne sais pas de quoi vous voulez parler. Je vends des assurances pour la Hart-Ford de New York.

— Fais pas le marrant, P'tite daube », dit le Noir.

Le feu est passé au vert et la poursuite a commencé.

C'était la première fois que je participais à une poursuite en voiture.

J'en avais vu des tas au cinéma, mais je n'y avais jamais participé. C'était vachement différent de celles que j'avais vues dans les films. D'abord, je n'avais jamais été très bon conducteur et leur chauffeur à eux était du tonnerre. Ensuite, au cinéma, les poursuites durent des kilomètres. Celle-là, pas. À quelques centaines de mètres de là, j'ai tourné dans Lombard Street et j'ai emplafonné une familiale qui s'y trouvait garée. Du coup, la poursuite en voiture a brusquement cessé. Ça n'avait pas été inintéressant. Dommage que ça ait duré si peu de temps.

Heureusement, je ne m'étais pas fait mal.

J'étais un peu secoué, mais je n'avais rien.

La voiture pleine de Noirs s'est garée derrière moi et ils ont sauté dehors. Fidèles à leur parole, ils avaient chacun un rasoir ; mais moi j'avais un pistolet dans la poche, de sorte que les choses n'allaient pas être aussi inégales qu'il y paraissait.

Je suis doucement descendu de voiture. Il n'est pas mauvais de faire les choses lentement quand vous avez un calibre 38 dans la poche, prêt à entrer en action. J'avais tout mon temps.

« Alors, où il est ce corps, Petite Daube ? » a dit celui qui avait déjà parlé. C'était un vrai mec à l'air très coriace, comme ses trois petits copains sombres.

J'ai tiré le pistolet de ma poche et je les ai vaguement mis en joue. Ce n'était plus la même paire de manches maintenant. Ils se sont arrêtés net.

« Et puis je n'aime pas beaucoup qu'on m'appelle Petite Daube, j'ai dit, en savourant la situation. Laissez tomber les rasoirs. »

On a entendu le bruit des quatre rasoirs qui tombaient sur la chaussée. C'était vraiment moi qui dirigeais les opérations. Enfin, jusqu'à ce qu'une vieille sorte en courant sur le perron de sa maison et s'enquière de la raison pour laquelle on avait bousillé sa voiture. Elle a présenté sa requête en hurlant à pleins poumons : « Ma familiale ! Ma familiale ! J'ai à peine fini de la payer hier. Je viens de régler la dernière traite ! »

Environ une douzaine de voisins ont commencé à se répandre sur leurs perrons respectifs et à prendre parti en vitesse pour la dame dont la familiale avait rendu l'âme.

Personne ne voulait connaître mon point de vue.

Je n'ai pas réussi à placer un mot.

Je me suis dit que la seule façon d'avoir la paix cinq minutes, c'était de tirer en l'air. Ça les ferait rentrer chez eux en vitesse et ça me laisserait une ou deux minutes pour reprendre la situation en main et faire quelque chose ; parce que là, il n'y avait pas de problème : fallait que je fasse quelque chose, et vite.

J'ai visé en l'air et j'ai appuyé sur la détente.

Click.

QUOI !

Click click click ; j'arrêtais pas de faire click.

EH, PUTAIN DE MERDE ! C'ÉTAIT PAS LE BON PISTOLET !

C'était mon pistolet à moi, le vide. Les quatre Noirs se sont précipités pour ramasser leurs rasoirs sur la chaussée. La bonne femme hurlait toujours : « Ma familiale ! Ma familiale ! » Les voisins s'étaient mis à reprendre ça en chœur. La situation s'était d'un seul coup mise à ressembler à l'enfer un jour où ça barde.

Les Noirs s'étaient re-rasoirisés et ils se dirigeaient vers moi. J'ai mis la main dans l'autre poche et j'en ai ressorti le pistolet de Pilon : celui dans lequel il y avait des balles.

« Arrêtez ! » j'ai dit aux Noirs.

Ils avaient l'air vachement mauvais, sauf un qui souriait. C'était celui qui m'avait appelé Petite Daube. Il avait un sourire énorme qui lui allait d'une oreille à l'autre, comme un collier de perles. J'en ai eu des frissons dans la colonne vertébrale. Faudrait le présenter au Cou. Ils s'entendraient admirablement tous les deux. Ils avaient des tas de choses en commun.

Je me suis imaginé les présentations

« Sourire, je te présente Cou.

— 'Chanté. »

Si je m'étais trouvé là, on m'aurait présenté comme étant Petite Daube.

« Petite Daube, je te présente Cou. Salut, Cou. Mon pote Sourire. Les amis de Cou sont mes amis. »

Et puis j'ai été brutalement ramené à la réalité par la vraie voix de Sourire qui disait : « Petite Daube, mon pote, c'est fini le bol pou'toi.

— Je vous préviens, dis-je.

— Hi-hi-hi », a dit Sourire.

Il était encore en train de sourire quand je lui ai tiré dans la jambe. Du coup, la propriétaire de la familiale bousillée et tous ses voisins sont rentrés chez eux en courant et en hurlant.

Le sourire n'a pas quitté le visage de Sourire, mais il s'est transformé d'un sourire qui lui allait d'une oreille à l'autre en sourire doux, comme celui d'un petit vieux à qui un enfant vient de faire un cadeau pour Noël. Le rasoir lui est doucement tombé des mains. Il avait une petite tache de sang sur la jambe, qui n'arrêtait pas de s'élargir. La balle lui avait carrément traversé la jambe à une quinzaine de centimètres au-dessus du genou. Elle lui avait fait un trou dedans, tout bêtement.

Les trois autres Noirs ont également laissé tomber leurs rasoirs.

« Eh ben, me'de alo', P'tite Daube ; tu viens de me ti'er dessus avec un pistolet vide, dit Sourire. Ça vaut pas cinquante dolla' ça. Y z'ont dit qu'tu nous filerais le co' rien qu'en te mont'ant nos 'asoi's. Et pis, me'de, vlan, une balle qui me t'ave'se la jambe. »

Je n'avais pas le temps de le consoler.

Il fallait que je me tire de là avant que la police arrive et mette un terme à tout ça. Bon, comme ma voiture ne marchait plus, il n'y en avait plus qu'une qui marchait : la leur.

« Ça suffit, dis-je. Maintenant, vous allez tous bien prendre votre souffle et ne plus bouger. Je vous dirai quand vous pourrez respirer. »

Ils ont tous respiré un grand coup et retenu leur souffle.

J'ai reculé jusqu'à la voiture foutue de Pilon et j'ai retiré la clef de contact.

« Vous gardez bien votre souffle, hein, surtout », je les ai avertis, en leur agitant mon pistolet sous le nez. Je suis allé vers l'arrière de l'auto en faisant le grand tour. Je voyais bien que les quatre messieurs noirs avaient du mal à retenir leur souffle. J'ai ouvert le coffre.

« Ça va », j'ai dit.

Ils ont tous repris leur respiration.

« Ah, me'de, dit Sourire. Me'de, alo'.

— Sortez-moi ce corps de là », j'ai dit. Je leur ai fait un nouveau signe avec le pistolet et ils se sont avancés pour enlever le corps. « Mettez-le à l'arrière de votre voiture, j'ai dit. Et fissa. J'ai pas toute la journée. »

Sourire souriait toujours. Son sourire était devenu un peu plus faible, mais ça pouvait encore passer pour un sourire. La meilleure description que je pourrais en faire, ce serait de dire que c'était devenu un sourire philosophique.

« Me'de, dit-il. Y commence pa'me ti'er dessus avec un pistolet vide, et ap'ès y veut que je 'etienne ma 'espi'ation que j'en ai le ve'tige, et pis maintenant voilà qu'y p'end ma voitu'e. »

Je l'ai vu qui souriait encore quand j'ai démarré.

L'aigle solitaire

J'avais fait une centaine de mètres, quand, tout d'un coup, j'ai pris à gauche et refait le tour du pâté de maisons pour revenir à l'endroit où se trouvait la voiture bousillée de Pilon avec les quatre Noirs. Je suis arrivé par derrière eux. Ils étaient là, debout, à regarder dans la direction dans laquelle j'étais parti.

J'ai klaxonné et ils se sont retournés.

Je n'oublierai jamais leur expression quand ils m'ont vu. Les trois qui n'étaient pas blessés avaient de nouveau ramassé leurs rasoirs. Quand ils m'ont vu, les trois rasoirs leur sont tranquillement tombés des mains et sont retournés sur la chaussée où ils commençaient à avoir élu domicile. Au point où on en était, les rasoirs ne semblaient plus jamais pouvoir transformer quoi que ce soit en petite daube, ni même raser quelqu'un de façon potable.

Ils avaient fait leur temps.

Le Noir avec un trou dans la jambe m'a fait un grand sourire éclatant quand il m'a vu. « Me'de ! il a fait. C'est enco' P'tite Daube. Qu'est-ce qui se passe maintenant ? T'es 'evenu che'cher not'culotte ? »

Les trois autres Noirs ont trouvé ça marrant, et ils se sont mis à rire. C'était assez marrant. Moi-même, je n'ai pas pu m'empêcher de sourire. Mis à part qu'ils voulaient me découper en rondelles, c'était de braves types.

« Non, non, gardez-les vos grimpants, j'ai dit.

— Tu es le Pè' Noël, alo', dit Sourire.

— Qui vous a payés pour me piquer ce corps, dis-je. C'est tout ce que je veux savoir.

— Et pou'quoi tu l'as pas dit ? a dit Sourire. Me'de ! Ça, alo', c'est pas bien compliqué. Un gars avec un cou comme un t'onc d'a'be et une petite poupée blanche magnifique qui buvait de la biè'e mais qu'allait jamais pisser. Je ne comp'ends pas où elle a mis toute cette biè'e. C'est eux le pat'on, mais maintenant, bien sû', le pat'on, c'est toi.

— Merci, j'ai dit.

— Me'de alo', P'tite Daube, dit Sourire. Y a pas de quoi, mais ne me ti'e plus dessus. Je suis t'op vieux maintenant pou' les balles. T'as pas besoin d'associés, des fois ?

— Non, dis-je. Je suis un aigle solitaire. »

Cette fois-ci, ils m'ont tous fait un grand au revoir de la main quand j'ai démarré au volant de leur voiture.

Un drôle d'immeuble

Bon, qu'est-ce que j'allais bien pouvoir faire maintenant ?

Quand on vous engage pour voler un corps à la morgue municipale, c'est déjà assez bizarre ; mais quand les gens qui vous emploient emploient d'autres gens pour voler le même corps à la morgue et puis en emploient encore d'autres pour vous le voler à vous après que vous vous êtes débrouillé pour le voler, alors, là, ça devient quand même vachement bizarre.

Pourquoi fallait-il que ça se complique encore au moment où j'avais décidé d'aller au cimetière voir si je ne pourrais pas récupérer les cinq cents dollars qui me restaient à toucher sur mes honoraires ?

C'était quoi ma prochaine manœuvre ?

Il me restait encore du temps avant l'heure de mon rendez-vous avec ces gens, mais ce serait vraiment idiot que j'y aille. Il n'y avait pas de doute : on ne pouvait pas leur faire confiance. La seule chose à leur actif, c'était la possibilité des cinq cents dollars.

Mais moi, évidemment, j'avais quelque chose dont ils avaient très envie, avec leurs manières bizarres. J'avais le corps de la putain morte sur le siège arrière de la voiture fraîchement réquisitionnée de quatre grands méchants Noirs.

Peut-être qu'il fallait que je me mette à jouer mes cartes autrement.

Jusque-là, j'avais trop joué selon leurs règles à eux.

Je crois bien que je vais augmenter la mise, me suis-je dit, *et jouer un peu à autre chose*. Il allait me falloir plus de cinq cents dollars. Je savais que Pilon allait très mal prendre le fait que j'aie bousillé sa voiture. J'étais convaincu qu'il allait en vouloir une autre.

Non, vu la façon dont les choses évoluaient, cinq cents pions, c'était de la roupie de sansonnet maintenant. Si ces gens voulaient le corps, et manifestement tout indiquait qu'ils en avaient une envie considérable, il allait falloir qu'ils crachent la peau des yeux pour l'avoir.

Je me suis arrêté chez moi en vitesse.

J'ai sorti le corps du siège arrière, je l'ai mis sur mon épaule et je l'ai transporté dans l'immeuble. J'ai fait comme si ç'avait été un sac de linge sale. De toute façon, que je fasse semblant d'une chose ou d'une autre, ça n'avait aucune importance vu qu'il n'y avait personne pour me regarder. Finalement, peut-être que j'avais pas mal de veine. Si ça se trouvait, j'allais me sortir de cette histoire avec beaucoup plus d'argent que je ne m'y attendais.

J'ai souri en transportant le corps de la putain morte quand je suis passé devant l'escalier qui menait à l'appartement de feue ma propriétaire. Je me suis rappelé son corps qu'on avait descendu quelques heures plus tôt : maintenant, c'était moi qui étais en train de transbahuter un autre macchabée dans l'immeuble.

C'était vraiment un drôle d'immeuble.

Ça ne ferait pas une mauvaise annexe pour la morgue, Des corps, ici, il en entrait et il en sortait comme des lettres à la poste.

J'ai fait traverser le vestibule à ma pute et je suis rentré dans mon appartement. J'ai posé son corps par terre, dans la cuisine, à côté du réfrigérateur ; ensuite, j'ai ouvert le réfrigérateur et sorti de là toutes les provisions moisies et les objets méconnaissables qui se trouvaient sur les étagères.

Berk…

Après, j'ai sorti les étagères.

Pourquoi pas ?

C'était l'endroit idéal pour la mettre et le dernier endroit où on songerait à la chercher.

Le pied à cinq cents dollars

J'étais de nouveau au volant de la voiture en train de me diriger vers le sud de San Francisco et le cimetière du Saint-Repos pour aller à mon « rendez-vous » avec le Cou et sa maîtresse buveuse de bière. Ça allait être une rencontre intéressante, mais elle n'allait pas se dérouler comme ils l'avaient prévu. Maintenant, on allait suivre mes règles à moi, et j'avais dans l'idée que le cadavre qui se trouvait dans mon réfrigérateur valait beaucoup plus de cinq cents dollars.

Quelque chose me disait que j'étais désormais propriétaire d'un cadavre d'une valeur de dix mille dollars. Je l'avais volé ; il était à moi ; j'étais fermement décidé à en tirer le maximum et la somme de dix mille dollars me paraissait faire exactement le poids.

J'ai aperçu la lumière d'une cabine téléphonique plus loin sur la route. Je me suis rappelé que je n'avais toujours pas appelé ma mère et que j'avais encore ça à faire. Il valait mieux que je m'en occupe avant de passer à des affaires plus sérieuses. Je ne tenais pas à ce que ça me trotte dans la tête au moment où je me préparais à faire le plus gros coup de ma vie et à passer le restant de mes jours à l'Hôtel des Petits Vernis.

Je me suis garé et je suis descendu.

J'ai mis une pièce dans la fente et j'ai composé son numéro.

Ça a sonné une douzaine de fois.

Bon Dieu de bon Dieu ! Je ne suis pas arrivé à l'entendre décrocher et dire « Allô », ce à quoi j'aurais répondu « Salut, m'man. C'est moi », et du coup elle aurait fait « Allô ? Qui est à l'appareil ? Allô », et alors moi je me serais mis à geindre : « M'man », et puis elle m'aurait répondu : Ce n'est tout de même pas mon fils qui m'appelle. Allô ? » et moi j'aurais continué à geindre en disant « M'man » et elle, elle aurait fait : « On dirait mon fils ; mais il n'aurait pas le toupet de m'appeler s'il était toujours détective privé. »

Comme elle n'était pas chez elle, j'ai échappé à tout ça.

Où était-elle ?

On était vendredi et elle était allée au cimetière voir mon père que j'avais tué à l'âge de quatre ans, mais je savais qu'à l'heure qu'il était elle était rentrée du cimetière.

Où était-elle ?

Je suis remonté en voiture et j'ai repris la route du cimetière. Il fallait une dizaine de minutes pour y aller. Et alors, attention, ça allait chier ! Je me suis dit que le Cou et sa riche patronne n'allaient pas tellement apprécier le changement de plan et mon nouveau tarif pour le cadavre.

Ouais, ça allait leur faire une sale surprise et, à mon sens, ça ne pouvait pas mieux tomber que sur ces deux-là. J'étais bien content qu'il me reste cinq cartouches. Ce serait assez pour réduire le Cou à la taille d'un petit doigt.

Et puis je me suis souvenu de quelque chose.

J'ai mis la main dans ma poche, j'ai sorti le revolver vide et je l'ai posé sur le siège à côté de moi. Je n'allais pas recommencer la même erreur. Vachement gênant. Ça aurait pu me retomber dessus si je n'avais pas repris la situation en main comme je l'avais fait en tirant dans la jambe de Sourire.

J'avais eu de la chance.

Merde. Sourire aurait tout aussi bien pu se trouver assis là, à ma place, au volant de sa propre voiture avec ses trois amis dans l'auto, en train de plaisanter et de rigoler, avec le corps de la putain dans le coffre, et moi étendu dans la rue comme une recette inachevée. Pour compléter le plat, il aurait plus manqué que des oignons, des pommes de terre, des carottes et une feuille de laurier.

L'idée de me retrouver en daube ne me disait rien qui vaille.

La nuit il fait toujours plus sombre

Il faisait vraiment nuit noire pendant que je roulais vers le cimetière du Saint-Repos. Il faisait tellement sombre que je me suis mis à penser à mon feuilleton *Smith Smith contre les Ombres-Robots*. Quand le Professeur Abdul Forsythe disposerait des cristaux de mercure et serait en mesure de faire fonctionner ses piles de malheureuses victimes transformées en ombres et de les lâcher sur l'univers, ça se passerait à peu près comme ceci :

La nuit-artificielle-du-Professeur-Abdul-Forsythe ressemblerait un peu au genre de nuit à travers laquelle j'étais en train de rouler pour aller au cimetière.

Et puis une autre idée m'a traversé l'esprit et m'a fait revenir de Babylone en sursaut. Peut-être que la nuit il fait toujours plus sombre quand on la traverse pour se rendre à un cimetière. Ça m'a laissé songeur, mais pas très longtemps parce que je me suis immédiatement rembarqué pour Babylone.

BZZZZZZZZZZZZZZZZZZZZZZ

C'était ma merveilleuse et éternelle secrétaire Nana-Dirat qui m'appelait sur la ligne intérieure.

« Salut poupée, dis-je. Qu'est-ce qui se passe ?

— C'est pour toi, mon merveilleux amant, dit-elle d'une voix haletante.

— Qui est-ce ? dis-je.

— C'est le Dr Francis, le célèbre philanthrope.

— Qu'est-ce qu'il veut ?

— Il ne veut pas me le dire. Il dit qu'il veut te parler en personne.

— O.K., poupée, dis-je. Passe-le-moi.

— Allô ? Mister Smith Smith ? dit le Dr Francis. Je suis le Dr Francis.

— Je sais qui vous êtes, dis-je. Que me voulez-vous ? Le temps c'est de l'argent.

— Pardon ? dit le docteur.

— Je suis un homme très occupé, dis-je. Alors soyez bref. Je n'ai pas de temps à perdre.

— Je voudrais vous engager.

— C'est ce que je voulais vous entendre dire, dis-je. Mes honoraires s'élèvent à une livre d'or par jour plus les frais.

— Ceci m'a l'air raisonnable pour un enquêteur privé aussi célèbre quc vous, dit le Dr Francis.

— Vous avez entendu parler de moi ? dis-je, en faisant la coquette.

— Mais, voyons, tout Babylone a entendu parler de vous », dit-il.

Évidemment, tout ça je le savais déjà. Tout ce que je voulais, c'était me l'entendre dire. J'adorais me faire chatouiller l'amour-propre.

« Alors, qu'est-ce que je peux faire pour vous ? » dis-je.

Il y a eu un silence à l'autre bout du fil.

« Dr Francis ?

— Est-ce que je peux parler librement au téléphone ? dit-il. Oui, enfin, personne ne risque de nous écouter ?

— Ne vous inquiétez pas, dis-je. Quand quelqu'un pratique les écoutes téléphoniques à Babylone, c'est généralement moi. Dites-moi ce qui vous tracasse. »

Loin de moi l'idée que le diabolique Professeur Abdul Forsythe pouvait être en train d'écouter notre conversation. J'avais fait preuve d'une certaine légèreté en plaisantant sur les écoutes téléphoniques, et cela devait me coûter cher par la suite.

« Eh bien, Mister Smith Smith, dit le Dr Francis.

— Appelez-moi Smith, dis-je. Comme tout le monde.

— Smith, j'ai toutes les raisons de croire que quelqu'un veut me dérober ma dernière invention et l'utiliser pour ses noirs desseins.

— Qu'est-ce que c'est votre invention ? dis-je.

— J'ai inventé des cristaux de mercure, dit le Dr Francis.

— J'arrive tout de suite », dis-je.

Ainsi, toutes mes craintes se confirmaient : quelqu'un avait fini par inventer des cristaux de mercure. À dire vrai, je ne pensais pas que le monde soit encore tout à fait prêt pour une telle découverte. Après tout, nous n'étions qu'en 596 avant Jésus-Christ et il fallait encore que le monde grandisse pas mal.

Chez Sourire : au vrai barbecue de Louisiane

HHHHHHHHIIIIIIII!!!

J'ai écrasé les freins.

Babylone avait failli me faire dépasser le cimetière. Je me suis garé et j'ai éteint mes phares. Je n'ai pas vu d'autre voiture. Si quelqu'un devait venir, j'étais arrivé le premier. Je ne savais même pas si le Cou et sa patronne buveuse de bière allaient venir, mais j'avais dans l'idée que oui. C'était pour ça que j'étais là. Je n'avais qu'à attendre voir ce qui allait se passer. Ce n'est pas tous les jours qu'on a l'occasion de ramasser dix mille dollars.

Tout à coup, quelque chose m'a intrigué.

J'ai fouillé dans ma poche et j'en ai sorti une allumette.

Je l'ai grattée et j'ai lu le certificat d'immatriculation qui était sur le volant. « Chez Sourire, Au Vrai Barbecue de Louisiane. »

Évidemment.

Il faudrait que j'aille faire un tour chez Sourire un de ces jours pour goûter son barbecue. Ça vaudrait vraiment le coup de voir la tête qu'il ferait en me voyant entrer.

J'ai soufflé l'allumette et j'ai attendu quelques instants dans le noir.

J'ai commencé à penser à Babylone, mais je me suis bagarré pour penser à autre chose en faisant bien attention de ne pas me laisser impressionner par la profondeur de l'obscurité. Parce que, ça, ça me remmènerait facilement à Babylone. Si je me mettais à penser à l'obscurité, j'allais bientôt me retrouver en train de penser aux ombres-robots, et ça n'irait plus du tout.

Je ne tenais pas à ce que Babylone me réexpédie au diable. J'avais eu de la chance de voir le cimetière : j'aurais aussi bien pu me retrouver à mi-chemin de Los Angeles et au chapitre sept de *Smith Smith contre les Ombres-Robots*. Et alors là, j'aurais perdu toutes mes chances de trouver ma cliente et de toucher dix mille dollars. Tout ce qui me serait resté, ç'aurait été une putain morte dans mon réfrigérateur.

Et ce n'aurait pas été exactement ce qu'il est convenu d'appeler un coup réussi.

Nous entrerons dans le cimetière

J'attendais assis là – je ne sais pas depuis combien de temps – quand une voiture est arrivée sur la route. Je n'avais pas vu d'autre circulation. La voiture allait très doucement. Elle avait l'air de vouloir s'arrêter au cimetière.

Elle était trop loin pour qu'on puisse voir quelle sorte de voiture c'était. Enfin, moi, je n'y arrivais pas. Je me suis demandé si c'était la Cadillac. La voiture s'est arrêtée deux cents mètres devant moi sur la route. Les phares sont devenus noirs et des gens sont descendus de la voiture. Ils avaient une lampe torche, mais je ne suis pas parvenu à distinguer qui c'était. Ça pouvait être l'équipe du Cou et de la blonde, ou tout bêtement de simples voleurs de sépultures.

Je n'avais aucun moyen de le savoir pour sûr, à moins de descendre de voiture pour me transformer en privé insaisissable et sûr de lui, sur le point de voir aboutir la plus grosse affaire de son existence ; alors c'est ce que j'ai fait : je suis descendu de voiture.

Il ne me manquait qu'une seule chose : une lampe torche.

Alors, j'ai eu une idée.

Je suis remonté dans la voiture et j'ai ouvert la boîte à gants.

Quelle veine !
Une lampe torche !
C'était un signe du ciel.
Tout allait se passer au poil.

J'étais censé rencontrer le Cou et Notre-Dame de l'Infinie Vessie près du monument à la gloire des soldats tombés au cours de la guerre hispano-américaine. Le monument se trouvait à peu près à trois cents mètres à l'intérieur du cimetière. Pas très loin de la tombe de mon père.

J'étais bien souvent passé devant ce monument en allant sur sa tombe. Je voudrais bien ne pas l'avoir tué. Peut-être que si toute cette affaire marchait bien, il me resterait un petit moment après pour aller le pleurer un peu. Pourquoi avais-je lancé cette balle dans la rue ? Je voudrais ne l'avoir jamais vue de ma vie cette balle-là !

La lampe torche dans une main – elle n'était pas allumée, mais j'étais prêt à lui faire émettre un violent rayon si le besoin s'en faisait sentir – et le pistolet chargé dans l'autre, je me suis glissé dans le cimetière et je me suis insinué entre les tombes en direction du monument à la Guerre Hispano-Américaine.

Je me déplaçais avec un soin infini.

Dans ce genre de situation, la surprise constituait un élément important et je tenais à l'avoir pour moi. Il fallait que je passe à travers un bouquet d'arbres pour arriver au monument. Il était juste de l'autre côté des arbres. Il fallait que je fasse attention en traversant les arbres. Il faisait très sombre et je n'avais pas envie de tomber et de faire un boucan épouvantable. Quand j'ai pénétré dans le bouquet d'arbres, j'ai mesuré chaque pas comme si ça devait être le dernier.

J'étais arrivé au milieu des arbres, en me déplaçant comme une ombre, quand j'ai entendu des voix qui venaient de la direction du monument, à une cinquantaine de mètres devant moi.

Je n'arrivais pas tout à fait à distinguer ce qu'elles étaient en train de dire, mais il y en avait trois : deux hommes et une femme. J'étais trop loin pour pouvoir les reconnaître. Les arbres étouffaient le bruit des voix.

J'ai encore fait dix pas avec beaucoup de prudence et puis je me suis arrêté quelques secondes ; je me suis concentré et j'ai essayé de distinguer ce qu'ils étaient en train de dire et qui c'était ; mais ils étaient encore trop loin.

J'avais l'impression obsédante que cette affaire allait se dénouer à toute allure. C'était pas normal. Je me suis remis à avancer. Chaque pas a duré une éternité. J'aurais préféré être à Babylone, main dans la main avec Nana-Dirat.

La surprise

Voici ce que j'ai vu quand j'ai fini par trouver un endroit dans les arbres d'où je pouvais voir ce qui se passait près du monument : la première chose que j'ai vue, ç'a été le sergent Rink qui se trouvait là, debout, une lampe torche à la main.

Je suis resté dissimulé dans les arbres à le fixer des yeux.

C'était le dernier que je m'attendais à trouver là. J'étais abasourdi. Mais enfin, bon Dieu, qu'est-ce qui se passait ?

Ensuite, j'ai vu le Cou et sa maîtresse descendeuse de bière, debout, attachés l'un à l'autre par une paire de menottes. Le Cou avait l'air très malheureux. La blonde riche paraissait avoir vraiment envie d'une bière, ce qui, pour elle, signifiait une caisse.

Rink maîtrisait parfaitement la situation.

Il était en train de leur parler.

« Tout ce que je veux savoir, c'est pourquoi vous avez assassiné cette fille et puis ensuite essayé de voler son corps à la morgue. Quand vous l'avez tuée, vous auriez très bien pu emporter son corps à ce moment-là. Ça n'a pas de sens. Je n'y comprends rien. C'est le vol du corps qui vous a fait pincer.

— Nous n'avons rien à vous dire, dit le Cou.

— On t'a demandé quelque chose à toi ? dit Rink. Je suis en train de parler à la dame. C'est elle qui a organisé tout ce truc ; alors, ferme ton clapet ou alors je m'en chargerai moi-même. »

Le Cou a commencé à dire quelque chose, et puis il s'est ravisé. Par sa simple présence, le sergent Rink pouvait produire cet effet-là.

« Bon, allez, la petite dame, vous me dites la vérité et je m'arrangerai pour que vous vous en tiriez pas trop mal. Personne n'a vraiment rien à foutre d'une putain assassinée. Ça vous coûtera quelques années, tout au plus, si vous êtes réglo avec moi. »

Rink a attendu.

Finalement, elle a parlé, après s'être humecté les lèvres.

« Écoutez, espèce de gros flic, dit-elle. Pour commencer, les menottes sont trop serrées. Ensuite, j'ai envie de boire une bière. Tertio, je suis riche et je m'en tire déjà pas mal comme ça. Et puis, en plus, vous ne pouvez rien prouver. Tout ce que vous avez, c'est une série de preuves indirectes, et mes avocats se feront un plaisir de les mettre en pièces, que c'en sera un vrai bonheur. Quand ils vous auront amené à la barre, une fois qu'ils en auront fini avec vous, le commissariat de police vous mettra en retraite anticipée pour troubles mentaux. Ça, ou alors la prochaine affaire sur laquelle vous vous retrouverez consistera à balayer derrière les chevaux avec une petite pelle dans les écuries de la police. Ça vous paraît un peu plus clair maintenant ? »

Personne n'avait jamais dit au sergent Rink avant qu'il était une espèce de gros flic.

Il est resté planté là, incrédule.

Il avait joué et il fallait qu'il abatte sa main.

« Réfléchissez bien », dit-elle. Et puis elle a baissé les yeux vers ses poignets entravés en prenant un air exaspéré, quelque chose de très bien fait. Après ça, elle a regardé le sergent droit dans les yeux. Elle n'a pas baissé les siens.

Moi je suis resté là, comme au cinéma, à regarder tout cela se dérouler sous mes yeux. Le prix du billet ne s'élevait qu'à un voyage au cimetière à minuit dans une voiture volée après avoir tiré dans la jambe d'un nègre, plus un arrêt chez moi pour mettre le corps d'une prostituée assassinée dans mon réfrigérateur.

Pas cher.

« Je crois que vous bluffez, dit le sergent Rink.

— Vous n'êtes tout de même pas aussi bête que vous en avez l'air, dit la blonde riche. Vous savez à quoi ça ressemble vingt-cinq ans de crottin ? »

Le sergent s'est mis à réfléchir à ça. Rink était un inspecteur très futé mais il avait trouvé à qui parler. Il n'avait plus aucun atout dans sa manche.

Dommage que je n'aie pas pu entendre ce qui s'était dit quand le sergent Rink leur avait fourni ses preuves. Ça m'aurait donné une petite idée de ce qui se passait. Parce que là, moi, je n'en avais pas la moindre idée. J'étais complètement dans le noir.

J'étais encore soufflé d'avoir trouvé le sergent Rink là. Comment diable avait-il fait pour découvrir le lieu de notre rendez-vous ? Ça défiait l'imagination. Je m'étais bien attendu à trouver le Cou et sa riche copine, mais le sergent, alors ça, pas du tout.

Alors Rink a secoué la tête très lentement et il a sorti la clé des menottes de sa poche. Il a fait quelques pas et a relâché le Cou et la blonde. Le sergent n'avait pas l'air très heureux.

La femme riche s'est frotté le poignet et puis elle a regardé le sergent d'un air plutôt compatissant. « Vous avez fait ce que vous avez pu », dit-elle.

Le Cou a commencé à grogner.

Il était tout content d'avoir le dessus maintenant.

« Taisez-vous, Mister Cleveland », dit-elle.

Le Cou a cessé d'émettre ses grognements et l'ours s'est transformé en agneau.

« Enfin, dit le sergent Rink. On ne peut pas toujours gagner. Au moins, quitte à perdre, j'aime autant perdre contre quelqu'un qui a de la classe. »

La dame de la bonne société a souri au représentant de la loi.

Le Cou, pour essayer de faire plaisir à sa propriétaire, a souri aussi. Mais ça n'a pas donné du tout les résultats escomptés. Son sourire, on aurait dit une affiche de cinéma pour film d'horreur.

« Une bière, sergent, ça vous dit ? dit-elle en souriant. Il y a une taverne un peu plus loin sur la route. »

Elle lui a tendu la main. Rink l'a contemplée quelques instants et puis il la lui a serrée bien cordialement.

« Vous parlez, dit-il. Allons boire une bière. »

J'en connaissais un qui allait avoir une surprise.

Adieu, mes 10 000 dollars

Après leur départ pour la taverne, je suis resté planté là quelques instants. Mes perspectives de richesse foutaient le camp. Adieu, mes 10 000 dollars. Le corps qui était dans mon réfrigérateur ne valait désormais plus un rond.

Je suis sorti de dessous les arbres et j'ai marché vers le monument dédié aux soldats tombés pendant la Guerre hispano-américaine. Je me sentais de leur nombre.

Bah ! enfin ! Il me restait encore cinq cents dollars en poche.

Évidemment, je n'allais pas pouvoir me payer toutes les choses que j'avais imaginées, comme un chouette bureau, une belle secrétaire et une bonne auto ; il allait falloir que je m'adapte : petit bureau, secrétaire moche et modèle A.

Je me tenais debout à côté du monument, perdu dans mes pensées, en train de réfléchir à tout ça, quand j'ai été brutalement surpris par l'apparition soudaine de quatre Noirs tous équipés de rasoirs.

« Salut, P'tite Daube », dit Sourire, qui boitillait en tête du groupe. Il s'était attaché une cravate autour de la jambe juste au-dessus de la blessure.

Ben merde alors, d'où ils sortaient ceux-là ?

« On s'est dit qu'on allait'écupé'er not' voitu'e et s'entend' di'e un g'and me'ci d't'a pa'», dit-il. Sourire arborait un immense sourire sur la figure. Dans la manche de ce sourire-là, il cachait quelque chose.

« Ah ! et puis dis donc, P'tite Daube. On a aussi besoin de ces sous que tu as dans ta poche, pou' nos f'ais, et n'essaye pas de ti'er le pistolet avec lequel tu m'as ti'é dessus ou alo' on va v'aiment te découper en tous petits mo'ceaux, P'tite Daube. »

Et merde. Je n'en avais plus rien à foutre. Tout ça commençait à faire un peu beaucoup pour moi. J'ai mis la main à ma poche.

« Fais bien attention, dit Sourire, tout sourire. Tu vois, je t'aime plutôt bien, même si c'est toi qui m'as ti'é dans la jambe. Alo' va pas me décevoi' maintenant. »

J'ai mis la main dans ma poche très lentement, et j'ai sorti l'argent. Ça faisait un joli petit rouleau : quelques rêves. Je le lui ai jeté.

« C'est pa'fait, P'tite Daube », dit Sourire.

Il a regardé l'argent.

« Cinq cents tickets, dit-il.

— Et le corps de la fille ? dis-je. Vous le voulez toujours ?

— Penses-tu, tu peux le ga'der, P'tite Daube.

— Et alors, qu'est-ce qui se passe maintenant ? » dis-je, m'attendant à ce que mon corps ressorte quelque peu élimé des mains des quatre Noirs. Il faut bien le dire, j'avais tiré dans la jambe de leur chef et j'avais volé leur voiture. Il y a des gens qui se formalisent de choses comme ça.

« Ça va comme ça, P'tite Daube. Je t'aime bien, dit Sourire. On a l'a'gent. On a été payés. La balle n'a pas cassé l'os. Elle a juste t'ave'sé. On va t'laisser t'anquille. Ce qui est passé est passé.

— T'es un chic type, Sourire, dis-je. Il est bon chez toi le barbecue ?

— C'est le meilleu', dit Sourire, dans un sourire. Passe un jou'. Je te fe'ai des plates côtes. Ma tou'née. »

Et ils sont partis.

Il est minuit. Il fait noir

J'étais debout près du monument dédié aux soldats tombés pendant la Guerre hispano-américaine, de nouveau seul, et j'avais vu disparaître en fumée mon petit bureau, ma secrétaire mocharde et mon modèle A.

Dieu merci, j'avais toujours un bureau merveilleux avec une baignoire encastrée toute en marbre, la plus belle femme du monde et un char en or, à Babylone.

C'était le prix de consolation.

« Fiston ! fit une voix qui venait de derrière les pierres tombales. Fiston ! » J'ai reconnu la voix : c'était ma mère. Elle est arrivée vers moi à toute allure, presque essoufflée.

« Qu'est-ce que tu fais ici ? ai-je dit d'une voix éteinte.

— Tu sais bien que c'est le jour où je viens rendre visite au père et au mari que tu as assassiné. Tu le sais bien. Pourquoi tu demandes ?

— Il est minuit, dis-je. Il fait noir.

— Je sais bien, dit-elle. Mais tu crois que les morts le savent, eux ? Eh bien non, figure-toi. Je me suis attardée un peu plus longtemps que d'habitude. Mais que fais-tu ici, toi ? Tu ne viens plus jamais voir ton père.

— C'est une longue histoire.

— Tu fais toujours ce boulot de détective privé, à poursuivre des gens avec des ombres de mauvais augure ? Quand vas-tu me rendre l'argent que tu me dois ? Enfant de salaud ! »

Maman aimait bien m'appeler enfant de salaud parfois.

J'y étais habitué.

« Puisque tu es ici, va donc dire quelque chose à l'homme que tu as assassiné. Demande-lui pardon », dit-elle en me conduisant manu militari à sa tombe.

Je suis resté là devant sa sépulture à me dire que je regrettais d'avoir jeté une balle de caoutchouc rouge dans la rue à l'âge de quatre ans alors que j'étais en train de jouer avec lui un dimanche après-midi de 1918 et qu'il ait couru après, pour aller se flanquer dans l'avant d'une voiture et se coller à la calandre. Il avait fallu que le croque-mort le détache comme une pelure.

« Je te demande pardon, papa, dis-je.

— Eh bien, il me semble, dit ma mère. Quel vilain garçon tu es. Ton papa n'est sans doute plus qu'un squelette à l'heure qu'il est. »

Porte-bonheur

Ma mère et moi avons retraversé le cimetière à pied pour regagner sa voiture qui était garée de l'autre côté.

On ne s'est rien dit en marchant.

Heureusement.

Ça m'a donné le temps de penser à Babylone. J'ai repris mon feuilleton, *Smith Smith contre les Ombres-Robots*, au point où je l'avais laissé. Après avoir fini de parler au bon Dr Francis, j'ai embrassé passionnément ma secrétaire sur la bouche.

« On peut savoir pourquoi tu as fait ça ? dit-elle ensuite, le souffle un peu coupé.

— Porte-bonheur, dis-je.

— Et la patte de lapin, alors, ça ne marche plus ? » dit-elle.

J'ai longuement contemplé sa bouche humide et délicieuse d'un regard où brillait le désir.

« Tu veux rire ? dis-je.

— Non, sans blague, dit-elle. Si c'est ça qui remplace les pattes de lapin comme porte-bonheur, j'en veux d'autres.

— Désolé, ma gosse, dis-je. Mais j'ai du travail. Quelqu'un a inventé des cristaux de mercure.

— Oh, non ! » dit-elle, l'appréhension venant soudain se peindre sur ses traits.

J'ai mis mon holster à épée sous ma toge.

« Fais attention, fiston ! » dit ma mère, au moment où j'allais me flanquer dans une tombe fraîchement creusée.

Sa voix m'a arraché à Babylone comme si on m'avait enlevé une dent sans m'endormir.

J'ai évité la tombe.

« Sois prudent, dit-elle. Ou bien il faudra que je vienne vous voir tous les deux. Du coup, le vendredi, j'aurai une journée très chargée.

— Entendu, m'man ; je ferai attention où je mets les pieds. »

Il fallait bien, vu que j'en étais revenu à mon point de départ. Avec la seule différence que ce matin-là, au réveil, je n'avais pas un cadavre dans mon réfrigérateur.

Table

Note du traducteur 7
Bonnes nouvelles, mauvaises nouvelles 15
Babylone 23
Oklahoma 24
Brouillard de cactus 26
Ma petite amie 28
Le sergent Rink 30
Le Palais de Justice 32
Adolf Hitler 37
Moutarde 39
Bela Lugosi 41
1934 44
La blonde 46
« L'Œil » 48
Calibre 38 53
Le premier courrier 55
Le chef 57
L'entrée de Babylone 59
Le président Roosevelt 62
La montre à sable babylonienne 63
Nabuchodonosor 64
La saison de base-ball de l'an 596
avant Jésus-Christ 66
L'hôtel de la première base 68
Un cow-boy à Babylone 70

Terry et les Pirates 72
L'impitoyable Ming 75
Le magicien 78
Barcelone 81
La brigade Abraham Lincoln 83
Beaucoup aimer Oncle Sam 88
L'autobus-trône 90
Les tambours de Fu Manchu 92
La tombe du vendredi 94
Smith 97
Lobotomie 100
Les laitiers 101
Ma journée 105
Chants de Noël 107
Un expert en chaussettes de réputation mondiale 111
Adieu, puits de pétrole à Rhode Island 114
De belles photos 116
Pedro et son Quintette Romantique 119
Smith Smith 121
Dinde rôtie avec sa farce 122
La Cendrillon des ondes 126
Smith Smith contre les ombres-robots 130
Le journal du matin 132
Aimer la bière quand on peut s'offrir du champagne 133
Tremblement de terre dans une fabrique d'enclumes 137
Les détectives privés de San Francisco 140
S'entraîner pour l'avenir 142
C. Card, détective privé 144

Smith Smith contre les ombres-robots :
Chapitre 1 148
Le roi de la gâchette 150
Vampires 152
De l'argent liquide froid et sans cœur 156
Le temps guérit toutes les blessures 162
L'émission de Jack Benny. 165
« Dites, M'ame Oakland, pourriez pas
m'dépanner ? » 167
La Warner 169
L'express Babylone-Orion 170
Voies de fait en collaboration 172
Aujourd'hui, c'est mon jour de veine 178
Le désert du Sahara 180
La pétoche d'Edgar Allan Poe 185
Le labrador qui rapporte les morts 192
Soirées dansantes 196
L'aveugle 198
B.A.B.Y. 201
P'tite Daube 203
L'aigle solitaire 209
Un drôle d'immeuble 211
Le pied à cinq cents dollars 214
La nuit il fait toujours plus sombre 217
Chez Sourire : au vrai barbecue de Louisiane .. 220
Nous entrerons dans le cimetière 222
La surprise 225
Adieu, mes 10 000 dollars 229
Il est minuit. Il fait noir 232
Porte-bonheur 234

Composition et mise en pages
Nord Compo à Villeneuve-d'Ascq

Impression par Laballery à Clamecy (Nièvre)
Dépôt légal : mars 2022
N° d'édition : 2531-2 – N° d'impression : 208243
Imprimé en France